「不適切」ってなんだっけ

高橋源一郎

これは、アレじゃない

毎日新聞出版

ジャニーズと老人はぼけますからみんな死ね（仮）

『これは、アレだな』、『だいたい夫が先に死ぬ　これも、アレだな』にひき続き、「これ、アレ」シリーズの第3弾をお届けする。

「サンデー毎日」の連載をもとにしたものだが、連載共々、ここまで続くとは、正直思ってはいなかった。こうやって新作をお届けできるのも、読者のみなさんが支持してくださるからだ。ほんとうに感謝しております。

ところで、毎回、単行本化するにあたっては、すべて一から読み直すことにしているのだが、その前に、とりあえずタイトルを一瞥するのである。

「ジャニーズ問題と玉音放送」「たとえ何ひとつ望み通りにならなくても」「老人はみんな死ね」「みんないつかは」「人類がいなくなった後に」「芸術は金にならない?」「うつ病になって小説が」「あしたから、ひとりで」「ぼけますから、よろしくお願いします」「今夜は、しらふで生きてみる」「植物状態」「誰も知らない」「還暦のビートルズ」……

はっきりいって、「これ、アレ」ではなく、「なに、これ?」ではありませんか。まことに暗い。もちろん、あえて陰鬱な気分になってもらいたいために、そんなタイトルをつけたわけではありません。

前著、もしくは、連載をお読みになった読者のみなさんはご存じのように、毎回、そのとき話題になった事件や本を「これ」としてピックアップし、その問題をさらに深め、考えるために、どこかの時代、どこかの場所にある、「これ」と相棒の「アレ」を見つけ、それぞれを比較、検討してゆく。その作業をひたすら進めてきた。結果として、共通するなにかが浮かび上がってきたのだとしたら、それこそが、わたしの目に映った「時代」そのものだったのだろう。

そう考えると、連載の途中で「親鸞」が登場したのも無理はない(この連載の途中で、「親鸞」さんの有名な『歎異抄』を現代語に翻訳し、出版させていただいたのもなにかの縁だ)ような気がする。「親鸞」さんもまた、災害と戦乱と危機の時代の子として生まれ、人びとと向かい合ったのである。

「親鸞」さんは、難解な教理をもてあそぶ、当時の仏教界の「エラい」人たちとは袂を分かち、一般民衆の中に入っていった。宗教家としての方針は「わかりやすく」だ。だから、誰でもできる「南無阿弥陀仏」という念仏を唱えさえすれば、あとは何もしなくてもいいよ、みんな「極楽」に「往生」できるのだから、とおっしゃった。カッコいいね。わたしも見習いたいと思った。難しくなく、楽しく、そこらに転がっている様々なものを見つけ、そこにわたしたちを勇気づけてくれるものを見つける。そんな作業をしたいと思ったのだ。

もちろん、わたしには「親鸞」さんのような信仰心も、器量も知識も度量もない。日々、小さな自分の欲望や悩みに負けそうな一般の衆生である。連載タイトルが、かくも暗く、陰鬱になったのも仕方のないことなのかもしれない。

けれども、「親鸞」さんは、自分もまたすべての人びとと同じように、ふつうのあさましい悩みを抱えているし、だからこそ、誰だって救われるのだとおっしゃっている。

思えば、この連載に書いてきたことの多くは、みなさんも一度は脳裏に浮かべ、「はあ……」とため息をついたようなことではあるまいか。だからこそ、ため息の「その先」に行ってみたいと思ったのである。目をとめ、読んでいただいて、「なんかおもしろかったよ」といっていただければ幸いである。

ところで、この「まえがき」を書いている段階で、本書のタイトルはまだ決まっていないのだが、連載タイトルをそのままくっつけてタイトルにしてみるというのはどうだろう。なんだか、時代の顔つきが浮かび上がってくるような気がするんですが。

もくじ

装画　大嶋奈都子
装幀・本文設計　坂川朱音

「不適切」ってなんだっけ

これは、アレじゃない

不適切にもいろいろあるが

いまたいへん話題になっているテレビドラマといえば『不適切にもほどがある！』（TBS系）だ。わたしも、第1話が終了した後、知人から「おもしろいよ！」といわれ、TVerで観て衝撃。久しぶりに、継続して観覧しているドラマになった。ネット上でも「#不適切にもほどがある」が、放映日はもちろん、他の日にも現れるほど。すごいです。さすが（脚本は）宮藤官九郎。

物語自体は単純で、1986年の世界に住む、体育教師で野球部の顧問「地獄のオガワ」こと小川市郎が、2024年の現在にタイムスリップするお話だ。タイムスリップする物語はたくさんある。どの物語でも、時代の違いに驚くのだが『不適切』の主人公が驚くのは「**コンプライアンス**」の厳しさ。これがこの物語のテーマということになる。昭和のモラルを内面化している「小川」は、授業中でもタバコは吸うし、部活中に野球部員に「ケツバット」するし、**セクハラ・モラハラ発言**は日常茶飯事。こんな「小川」が、現代の「コンプライアンス」に直面するのである。もちろん、クドカンだから、エピソードの一つ一つはちゃんと「笑い」のオブラートにくるんであるのである。

第1話のハイライトは、「小川」が居酒屋で遭遇する、ある会社員たちの「パワハラ」問題を巡る会話の風景だ。ある社員がプレゼン直前に部下に「期待してるから頑張って」と言い、それがプレッシャーになって、心が折れる社員もいるから「パワハラ」。スマホの打ち込みのフリック入力が速いので「速いね、さすがZ世代」と言ったのは「世代でくるので、エイジハラスメント」。営業部の若手メンバーとのバーベキューの場で、親切に食べ物をとってくれたので「××ちゃんをお嫁さんにする男は幸せだね」と言ったのは、明らかに「セクハラ」。だいたい「多様性の時代です。結婚だけが幸せじゃない」との指摘まで。

「では、何と言えばよかったの?」と横から口を出す「小川」に、上司はこう言うのである。

「何も言わなければいい。ただ黙って見守り、間違っても責めずに、寄り添って原因を考えてあげればいい」

その瞬間、「小川」は叫ぶのだ。

「きもちわりっ!」

ちなみに第1話のサブタイトルは「頑張れって言っちゃダメですか?」、「働き方改革」の中での同調圧力を描いた第2話は「一人で抱えちゃダメですか?」、かつてのテレビのお色気番組を描いた第3話は「カワイイって言っちゃダメですか?」。一つ一つターゲットを見すえて、問題提起をするだけではなく、エンターテインメントに落としこむやり方がほんとうに素敵だ。毎回、終盤がミュージカルになってしまうのも最高です。

第3話で、（2024年の）生放送中、ある発言に瞬時に「先程、不適切な発言がありました。訂正してお詫びします」と、急遽MCになった八嶋智人が言い続けるシーンも涙なくしては観られない。そして、最後のミュージカルの部分、「誰が決めるハラスメント、ラブとハラは紙一重、誰が決めるハラスメント、ガイドライン決めてくれ」は、現代に生きる人間たちの心の底からの叫びだったのかも。しかも、クドカンはただ問題提起をするだけではなく「解決策」まで提示している。「ガイドライン決めてくれ」という叫びに対し、「小川」は（ピアノを弾きながら）こう歌う（しかも、「クイーン」風の音楽で）。

「みんな自分の娘だと思えばいい。娘が喜ぶことをする。それが俺たちのガイドライン」

ちなみに、いま「ハラスメント」と言われているものの例としては「パワハラ」「セクハラ」「マタハラ」「パタハラ」「ケアハラ」「モラハラ」「アルハラ」「リスハラ」「テクハラ」「アカハラ」「エイハラ」「カスハラ」……この辺はなんとなくわかりますよね。では、こちらは如何。「マヨハラ」「ヌーハラ」「クリハラ」「給ハラ」「チャイハラ」「エアハラ」「ロジハラ」「ネバハラ」……調べてみてください。

最後にもうひとつ。「ハラハラ」です。わかりますか？　これは「ハラスメント・ハラスメント」の略。些細な言葉や行動をセクハラ・パワハラだと決めつけて糾弾するハラスメント……って、ほんとにムズい！

『不適切にもほどがある！』を観ていると、この「……ハラ」の氾濫に、誰しも、ある種の正しさとある種の「鬱陶しさ」を感じていることがわかるだろう。『不適切』では、登場人物が繰り返し「**こんな時代だから**」と呟く。そこでは、その人間の「価値観」ではなく、時代の「価値観」が優先される。だから、時代が変われば、その人はまったく別のことを言うだろうし、かつてと違うことを言っても、なんの痛みも感じないはずである。敗戦直後の大半の日本人たちのように。なにしろ、言うべきことを決めるのは「自分」ではなく「時代」なのだから。「時代」ではなく、どうしても「自分」の価値観を優先するしかない、我々作家はどうしているのか。「この表現なんとかなりませんか」って、しょっちゅう言われてるんだよね。

では、わたしが関与している「文学」方面で、「不適切」なものは、どのように処理されてきたのだろうか。

左右の対立が激しかった1960年、10月には当時の社会党委員長、**浅沼稲次郎**が演説中に右翼の青年に刺殺される**テロ事件**が起きた。

それをテーマにして、大江健三郎は雑誌『文學界』61年1月号に「セヴンティーン」を、翌2月号に続編の「政治少年死す」を発表する。同じ頃、深沢七郎が雑誌『中央公論』60年12月号に小説「風流夢譚」を発表。それに抗議した、浅沼事件とは別の17歳の少年が、61年2月1日、中央公論社社長宅を襲撃し、お手伝いさんを殺害した。結局、「政治少年死す」を掲載した『文學界』も、「風流夢譚」を掲載した中央公論社もそれぞれ「謝罪」に追いこまれた。「不適切」であったと認めたのである。

「政治少年死す」では「天皇」を信奉する少年が、浅沼事件を思わせるテロ行為に走り、「風流夢譚」では、夢のようなお話の中で、天皇一家が処刑される。「政治少年死す」が単行本化されたのは発表から57年後、「風流夢譚」は今も電子書籍でしか読めない。

テロの背景を問われた少年はこう答えるのだ。

「天皇の幻影が私の唯一の共犯なんです、いつも天皇の幻影に私はみちびかれます。……もっと思いきって、簡単にすると、天皇が私の共犯です、私の背後関係の糸は天皇にだけつながっています」（大江健三郎「政治少年死す」より）

どうやら「どの時代にあっても不適切」なものも存在しているらしいです。

ジャニーズ問題と玉音放送

今回の「これ、アレ」は読者のみなさんに推測してもらう必要がない。というのも、「ジャニーズ問題」といわれる一連の「これ」は、日本人ならたぶん誰でも知っている「アレ」にあまりにもよく似ているからである。

2023年9月18日付の「FRIDAY《フライデー》デジタル」に**中森明夫さんが「藤島ジュリー社長による『人間宣言』」**というタイトルの文章を発表した。そこで中森さんは、5月14日、突如事務所の公式ホームページに藤島ジュリー景子社長（当時）が登場して、動画を配信したことについて書いた。

「創業者ジャニー喜多川の性加害問題について、世の中を大きくお騒がせしておりますこと心よりお詫《わ》び申し上げます。何よりまず被害を訴えられている方々に対して深く、深くお詫び申し上げます」

こうして冒頭でジュリー社長は深く頭を下げた。そして、中森さんはこう書いたのである。

「まず、ジャニーズ事務所の社長のその顔、彼女が動いて言葉を発するその姿を初めて見た。

今は亡きジャニー喜多川も、その姉のメリー喜多川も、テレビなどでまったく見たことがない。それゆえに猛烈なインパクトだった。

芸能界の歴史が動いた、と思う。大げさに言えば、1946年1月1日の昭和天皇の〝人間宣言〟を想起したものだ」

さて、ここではとりあえず、いわゆる「ジャニー喜多川の性加害問題」については詳しく論じることはしない。世界の性加害の歴史の中でも例がないほどの悪質な事件であることは少しずつ明らかになっている。これからもさらに多くの情報がそこに加わるであろうから、そちらの分析は他の方にまかせたい。わたしが興味を惹《ひ》かれるのは、「これ」があまりにも「アレ」に似ているのはなぜなのか、ということなのである。

中森さんは、ジュリー社長の会見を、昭和天皇の「人間宣言」と比べている。わたしは、どちらかというなら、その前の「**ポツダム宣言受諾**」を伝えた、つまり日本国の敗戦を認めた「**玉音放送**」の方に近いのではないか、と思う。

というのも、それまでほとんどの国民は天皇の「声」を聞いたことがなかったのである。放送においては、天皇の「声」が聞こえないようにするように細心の注意が払われた。なぜなら、天皇は「神」だったからだ。しかし、政府は国民に敗戦の現実を受け止めてもらうためには、初めて天皇の「声」を届けるしかないと考えたのである。

絶対的な権力を持っていた者が、みずからの過ちを放送を通じて伝え、それを受け入れるよう国民に訴える。それが「玉音放送」だったとするなら、あの動画会見こそそうだったろう。いや、最後までほんとうの責任者であるジャニー喜多川は姿を現さず（もう死んでしまったのだから）、その代理人に過ぎないジュリー社長が言い訳に終始する画面は、東京裁判における東條英機を思わせた。ほんとうの責任者である「昭和天皇」は最後まで姿を見せず、戦争の責任をとらされたのは首相であり参謀総長であった東條だったのだ。

今思えば、「ジャニーズ問題」をこれほどまでにあらゆるメディアが取り上げるようになったのはBBCによるドキュメンタリー『J-POPの捕食者 秘められたスキャンダル』がきっかけだった。あの番組が放送されなければ、ジャニー喜多川の性加害問題は、もしかしたら永遠に闇に葬られていたかもしれない。

これを称して「外圧によってしか変われない日本」と呼ぶべきだろうか。だとするなら、あのBBCの番組は「黒船」だったのか。いや、「原爆投下」だったのかもしれない。

BBCの番組が放送された2023年の3月、ちょうど放映から10日ほど後、わたしは20年続けた、あるテレビ局の「番組審議会委員」を辞めることになった。最後の番組審議会で発言を求められたわたしは、「これは遺言だと思って聞いてほしい」として「BBCの番組が放映されてもなお、ジャニーズ問題については何も行動しないつもりですか」と訊ねた。

審議会には、テレビ局の幹部がすべて出席していたが、わたしの発言の後には、ただ沈黙のみがあった。返答はなにもなかったのである。なるほど、とわたしは思った。なるほど。

確かに、この問題の真の責任者は、すでに亡くなったジャニー喜多川なのだろう。あるいは、その傍にいて、事実を知りながら、彼を止めることができなかった者、沈黙を守った者、彼らにも責任があるだろう。だが、彼らだけなのだろうか。

今回の出来事でよく目にしたことばが「**噂では聞いていた**」だ。「知っていた」なら、責任が問われる。けれども「噂では聞いていた」なら、責任は問われない。それは単に「噂」に過ぎなかったのだから。これにも前例がある。戦争が終わった後、多くの人びとは「**だまされていた**」と言って、自分の責任から逃げたのである。だが、その分析はすでに、終戦直後、伊丹十三の父である映画監督・**伊丹万作**によって完璧にされている。それを読んでいただければ、わたしの用は済むはずだ。原文は「青空文庫」でも読むことができる。その一部を紹介する。タイトルは「**戦争責任者の問題**」である。

「多くの人が、今度の戦争でだまされていたという。みながみな口を揃えてだまされていたという。私の知っている範囲ではおれがだましたのだといった人間はまだ一人もいない。

（略）

だまされたということは、不正者による被害を意味するが、しかしだまされたものは正しいとは、古来いかなる辞書にも決して書いてはないのである。だまされたとさえいえば、いっさいの責任から解放され、無条件で正義派になれるように勘ちがいしている人は、もう一度よく顔を洗い直さなければならぬ。

しかも、だまされたもの必ずしも正しくないことを指摘するだけにとどまらず、私はさらに進んで、『だまされるということ自体がすでに一つの悪である』ことを主張したいのである。（略）

そしてだまされたものの罪は、ただ単にだまされたという事実そのものの中にあるのではなく、あんなにも造作なくだまされるほど批判力を失い、思考力を失い、信念を失い、家畜的な盲従に自己の一切をゆだねるようになってしまっていた国民全体の文化的**無気力、無自覚、無反省、無責任**などが悪の本体なのである。

このことは、過去の日本が、外国の力なしには封建制度も鎖国制度も独力で打破することができなかった事実、個人の基本的人権さえも自力でつかみ得なかった事実とまったくその本質を等しくするものである。

そして、このことはまた、同時にあのような専横と圧制を支配者にゆるした国民の奴隷根性とも密接につながるものである」（『伊丹万作エッセイ集』大江健三郎編　ちくま学芸文庫より）

どうやら日本人はあの頃から1ミリも変わっていないようなのだ。

流行っているものは、だいたいスゴい

1967年秋、11月8日の深夜のことだ。高校2年生のわたしは、いつものように兵庫県のローカル放送「ラジオ関西」の「電話リクエスト」を聴いていた。すると、パーソナリティのアナウンサーが「この前、テープを流したら、大反響だった曲がありましたね。そのグループがレコードを作って送ってきました。そのレコードがラジオでかかるのは初めてです。さあ、聴いてください！」といった。「おお」と思って、聴いていると、ラジオから曲のイントロが流れ出した。その瞬間「電流に打たれた」というのはこのことかと思った。思わず、「スゴい」と唸《うな》ったのだ。翌日から、その曲はリクエストの№1になった。全国で流行《はや》るのはもう少し後のことだ。日本音楽史上初のミリオンセラー、**ザ・フォーク・クルセダーズ**の**「帰って来たヨッパライ」**である。

あるとき、自分が「いい！」と思うものが、次々にミリオンセラーになり、超ヒットしたりしていることに気づいた。「もしかして、おれ、天才なのかな」とも思ったが、よく考えたら、まったく逆だった。みんなが好きなものが好き。わたしは、誰よりも通俗的だったのだ。

だから、わたしには、「流行っているもの」への警戒心はない（わたしが職業としている「小説」以外には）。流行っているものは、だいたいスゴい。そう思っている。ただし、自分にはもうそれを発見する能力がないことも自覚している。それを知っているのは若い人だ。わたしが、若い頃そうであったように、である。

この間、親戚の中学1年生の女の子が落ちこんでいたので、「どうして」と訊くと、『**すとぷり**』の**ジェル**くんが活動休止することになったの……」と悲しそうに答えた。すとぷり？　ジェルくん？　なに、それ？　まったくわからないんだけど。それが、わたしと「すとぷり」との出会いであった。

すぐに、「すとぷり」が、とてつもなく人気のある男性アイドルグループであることがわかった。小中学生で知らない者はひとりもいない、といわれるほどに。

それから連日、わたしは「すとぷり」、あるいは、「すとぷり」の個々のメンバーが配信している動画を浴びるように観た。そして、聴いた。それから、ファン雑誌（こちらもグループと個人、それぞれのものがある）を買った。

その感想をひとことでいうなら、やはり「スゴい！」である。お隣の国にBTSがいるなら、我々の国には「**すとぷり**」がいるのだ。

「すとぷり」（もちろん、「すとろべりーぷりんす」の略称である）の魅力について少し考えてみたいと思う。若い子たちなら、直感的にわかることだろうが、わたしのような古い世代の人間は、いったん言語化しなければわからないのである。少々お付き合い願いたい。

「アイドル」という存在は、わたしの若い頃にもあった。その前にもあった。現在も、ジャニーズ事務所（現・SMILE-UP.）のみなさんやAKB48グループや「××坂」グループのみなさんを筆頭に、無数の「アイドル」たちがいる。しかし、わたしが知っているような「アイドル」たちと、「すとぷり」のみなさんは、根本的に異なっているように思える。彼らは、まさに「スマホ（ネット）時代のアイドル」なのである。

最大の特徴は、とりあえず彼らは「素顔を出さない」のをモットーとしていることだろう。これにはほんとうに驚いた。

「莉犬《りいぬ》」「ジェル」「さとみ」「るぅと」「ころん」「ななもり。」の6人組グループである「すとぷり」は、ユーチューブに、グループと個人の動画チャンネルを持っていて、動画再生数は40億回以上だそうだ（2022年9月時点）。さらに、ツイッター（現・X）、インスタグラム、ライン等、主要SNSにも公式アカウントを持っている。そして、動画を観ても雑誌を見ても、そこに彼らの素顔は映らない。彼らは「可愛いイラスト」の姿（もしくは、「顔」のみ）で活動している。とはいえ、実在しない完全にヴァーチャルな存在、いわゆる「Vチューバー」でもない。握手会やライブコンサートに行けば、彼らの素顔を見ることができるのだ。

「すとぷり」がやっているのは、さまざまな「生放送」（ライブ配信）、そして、それぞれが得意とするジャンルの動画配信である。

「莉犬」と「るぅと」は音楽配信を、「ころん」と「さとみ」は、ゲーム実況を得意にしている。「ジェル」は、脚本・編集・音声をひとりでやっているオリジナルアニメ動画「遠井さん」シリーズが有名だ。そして、リーダーの「ななもり。」は、全体のプロデュース役といったところだろうか。

「ゲーム実況」に関しては、もともと子どもたちが好きで、わたしもよく見ていたので、そのクオリティの高さに驚いたし、歌もけっこういい。しかし、彼らを一度も見たことがないなら、ぜひ「遠井さん」シリーズから挑戦してもらいたい。女子高生の「遠井さん」と、彼女の周囲の人たちを中心としたギャグアニメだが、こんな単純なギャグで笑ってしまう自分にびっくりである。そして、もう一つ。２０１７年に「性同一性障害」を告白した「莉犬」くんが、19年に、それまでの自分の苦しい生涯について配信した「生まれてから、」というタイトルのおよそ28分にわたる生々しい動画である。これにはほんとうに驚いた。

「莉犬」くんは、ここで常に死を意識せざるを得なかった厳しい家庭環境について、「リスナーさん」たちに語りかけている。極めて深刻な内容のモノローグが、可愛い表情のイラスト顔で語られるとき、その絶妙な編集のやり方とあいまって、わたしは、かつて味わったことのない感動を覚えたのだ。そして、彼らのファンの気持ちが（理解できたといえるほど傲慢ではないが）わかるような気がしたのである。素顔がないからこそ語りかけることができ、素顔ではないからこそ、そのメッセージを受けとることができるのだろう。そして、深く共感できるのだろう。そこには、新しい時代の「アイドル」との関係があるのではあるまいか。

Vチューバーや素顔を見せない「アイドル」が人気なのは、日本だけだそうだ。そうかもしれない。そもそも、顔を見なくても憧れることができる、というのがこの国の文化の特徴だったのだから。

『源氏物語』では、光源氏にとって、恋愛の始まりは、御簾《みす》越しに女を「垣間見る」ことだった。その顔がよく見えないことが恋愛の条件だったことは、みなさんもご存じの通り。

「世界の男、あてなるもいやしきも、いかで、このかぐや姫を得てしかな、見てしかなと、音に聞きめでて惑ふ。そのあたりの垣にも家の門《と》にも、居《を》る人だにたはやすく見るまじきものを、夜は安き寝《い》も寝《ね》ず、闇の夜に出《い》でても、穴をくじり、垣間見、惑ひあへり」（『竹取物語』）

かぐや姫の噂を聞いて、まずは「見たい」と思った。それがすべての始まりだった。日本のアイドルに「素顔」なんかいらないのである。

南の島に「雪」が降る

藤田貴大《たかひろ》さんが主宰する劇団「マームとジプシー」の『cocoon《コクーン》』を観に行った。マンガ家・今日マチ子さんの原作をもとに、戦争末期の沖縄を舞台にした劇だ。２０１３年が初演、15年が再演。そして、３度目となる今回（22年）は、中身も大幅に変わり、ほとんど新作といってもいいものだ。ほんとうに素晴らしかった。

モデルになっているのは、いわゆる「ひめゆり学徒隊」だ。戦争末期、沖縄師範学校女子部と沖縄県立第一高等女学校の女子生徒と教師、２４０名が沖縄陸軍病院に看護要員として動員されたが、そこは「病院」とは名ばかりの横穴壕だった。夥しい数の傷ついた兵士がそこに運びこまれた。やがて３カ月後、敗色濃厚となって突然解散命令が出る。そして、米軍の猛攻が続く中での脱出。夥しい死者が出たのはその直後だった。集団自決の10名を含み、公には死者は１３６名と伝えられている。

藤田さんは、「ひめゆり学徒隊」に起こった出来事をもとに、女子学生たちの物語を舞台の上に作り上げた。平和だった学園生活、忍び寄る戦争の影、それから一転して、看護要員として彼女たちが立ち会わざるを得なかった修羅の世界。２時間半にわたって、舞台の上で繰り広げられる物語に、客席のわたしたち観客は魅入られていた。ちなみに「ｃｏｃｏｏｎ」は繭《まゆ》のこと。繭の中で、羽化する前に生きたままカイコは煮られる。羽化することを夢見ながら。絹糸はそうやって作られるのである。

劇の冒頭、青柳いづみさんが演じるヒロインのサンはこんなふうに語り始める。

「目をあけると……２０２２年だ……ここは劇場……わたし……わたしたちの目のまえには……客席……？　……客席が……広がっている……だれしもに……席は……用意されてある……用意された席に……座っているひとびとが……ここからはよく見える……そのまえと……そのあとは……あのとき……隔てられたけど……でも……そのあとを……生きた……わたし……わたしたちは……どうして……現在（いま）……生きて……なにを……おもうの……？　……現在は……過去から見た……未来……あのころ……だれが……こんな未来……想像しただろう……」

『ｃｏｃｏｏｎ』は、過去の戦争の記憶を蘇《よみがえ》らせる。けれども、それがとても難しいことを作者はよく知っている。過去はもう終わったのだ。だから、過去を思い出すのではなく、過去から現在（いま）を見る。過去の誰かにとって、わたしたちがいまいる場所は、希望と願いをこめられた未来だったのだ、とこの劇は告げるのである。そのためには、観客みんなが、過去のあの場所にまで戻らねばならない。その困難な作業を、藤田さんと俳優たちはやり遂げた。そんなふうにわたしには思えた。わたしは、自分が1945年にいて、そこから遠い未来を見つめているような気がしたのだ。

ところで、劇の終盤、突然「雪」が降ってくるシーンがある。降るはずなどない場所なのに、である。それはよく見ると、なにかの羽根、もしかしたら繭を破って羽化したカイコガの羽根だったのかもしれない。いや、少女たちは「雪空のような繭」といっていたから、夢見ていた繭の中こそ、雪が降る世界だったのだろうか。

舞台が終わった後、わたしは、藤田さんに、「戦争」を描いて、同じように「南の島」に「雪」を降らせたもう一つの作品のことを訊ねた。藤田さんは、知らないようだった。おそらく偶然、藤田さんは、同じ「雪」にたどり着いたのだろう。

そのもう一つの作品とは『南の島に雪が降る』（加東大介　ちくま文庫）である。

この本は1961年、名優として知られた加東大介の戦争体験手記として刊行されベストセラーとなった。その年に久松静児監督で映画化。これには、加東が本人の役で、他に伴淳三郎、有島一郎、フランキー堺、森繁久彌といった一流の喜劇人が出演していて、若き日の渥美清の姿も見える。実はこの映画を観たのは今回が初めてだ。わたしが観たのは翌1962年の森繁（久彌）劇団の公演のテレビ中継だったと思う。そして、降るはずがない南の島に「雪」が降るクライマックスシーンに強い印象を受けた。

俳優一家で育った加東さんは劇団前進座の役者をしていた昭和18（1943）年に召集され、ニューギニアのマノクワリで衛生兵となった。やがて、飢えとマラリアと米軍の攻撃に苦しむ兵士たちの慰安と士気高揚のために、兵士たちによる劇団、「マノクワリ歌舞伎座」が作られた。座長は加東大介。その顛末《てんまつ》が書かれたのが原作である。最初、劇団のメンバーを集めるため、兵士たちをオーディション（?）するところなど、まるで『七人の侍』を観ているようでおもしろい。しかし、食べるものにも事欠くニューギニアのジャングルの中に忽然《こつぜん》と出現した劇場、そしてそこで演じられる劇に、兵士たちが熱中してゆく様子を読んでいると（映画を観ていても）、胸が熱くなってくる。

「なんの目的もなく、目標もない一般の将兵たちにとって、月に一回の歌舞伎座詣でが、生きることのメドになっていた」し「観覧日が近づくと、病人が快方をたどりはじめる」ことさえあったのだ。

「ワルバミ農場隊」という、イワクつきの部隊がいた。戦場をたらい回しにされたあげく、「負け戦さの味を知っている」せいで、戦場の実際を国民に知られたくない軍上層部が「餓えて栄養失調、あるいはマラリアにかからせて、ジワジワと死滅させるつもり」でいちばんひどい土地に追いやられた部隊だった。次々に死んで、ほとんど残留兵のいなくなった「この隊の連中は、人一倍、演芸への執着が強かった」。

観劇を終えると、彼らは整列して「ありがとうございました」と、深く頭を下げる。

「わたしたちもならんで、しみじみと見送りながら、『このつぎのとき、待ってますからね』本気で心を伝えるのだ。

『なんとか、それまで生きてみようと思います』

『さようなら』

『さようなら』

手を振りながら去っていくうしろ姿は、すぐに、ジャングルの朝モヤに吸いこまれてしまう」

クライマックスは長谷川伸の『関の弥太ッぺ』の舞台で雪が降るシーン。もちろん、雪は紙を切ったものだ。幕が開くと、舞台の上は一面の雪。ところが、客席がシーンとしたままなのである。そこで、客席を覗いてみる。すると……。

「みんな泣いていた。三百人近い兵隊が、一人の例外もなく、両手で顔をおおって泣いていた。肩をブルブルふるわせながら、ジッと静かに泣いていた」

彼らは東北から来た部隊だった。彼らの前にあったのは「故郷」の光景だったのである。

南の戦場に、弾丸ではなく、「雪」が降ることもあったのだ。

たとえ何ひとつ望み通りにならなくても

ジャン＝リュック・ゴダール監督が２０２２年9月13日に91歳で亡くなった。とても悲しい。これで、わたしに強い影響を与えた人たちは、みんな亡くなってしまった。なんだか、ひとり取り残されたような気がする。

今回のタイトルは、ゴダール監督の最後の映画となった『イメージの本』のラスト、なにもない黒い画面の向こうからゴダールがしゃべり続け、その終わり頃に出てくることばだ。このことばの後に、もう一つことばがあって、すべてが終わる。それがどんなことばなのかは、コラムの最後に書くつもりだ。

わたしは、もともと映画（というか洋画）は好きだった。母親が映画ファンだったので、小さい頃から映画館に連れていってもらったからだろう。父方の叔母も映画ファンだった。父の実家では雑誌の『映画の友』を毎号とっていたし、映画ならなんでも観た。いわゆる「芸術映画」を観るようになったのは中学生になってからだ。ＡＴＧという芸術映画専門の配給（製作）会社の会員になったのが中学1年生の終わり頃（１９６３年）だった。そして、せっせと神戸元町にある阪急文化という小さな映画館に通った。アニエス・ヴァルダの『5時から7時までのクレオ』やアンドレイ・タルコフスキーの『僕の村は戦場だった』を観たのが最初で、そのときにはまだ会員ではなかったと思う。アラン・レネの『去年マリエンバートで』、ルイス・ブニュエルの『ビリディアナ』が64年。ショックを受けたのがフェデリコ・フェリーニの『8½』で、映画監督になりたいと漠然と思うようになった。それが65年。そして、翌66年から71年頃まではATGで公開される映画はほとんど観た。もっとも熱狂的に映画少年をしていた頃だったのだ。

そして、ゴダールの『気狂いピエロ』に出合う日がやって来た。

それまでも『勝手にしやがれ』や『女と男のいる舗道』や『軽蔑』は観ていた。ゴダールが「ヌーヴェル・ヴァーグ」の代表で、映画ファンなら新作は必ず観なければならない監督だった。ただし、ATGのラインアップに入ったのは『気狂いピエロ』が最初だった。前評判が高かったことは覚えている。

67年7月7日、公開初日の1回目に、わたしは友人たちと阪急文化の前から2列目に座って、映画が始まるのを待った。学校はサボったように思う。そして映画が始まった。

映画が終わり、場内が明るくなったとき、並んで座っていたわたしたち（たぶん5、6人）は動けないでいた。みんな泣いていたのである。理由はわからなかった。「感動」ということばでは表現できない感情に、わたしも突き動かされていた。いま思えば、わたしの中にあったのは「わからないけれどものすごい」という感情だったように思う。いま観たばかりの映画について説明することはできなかった。わかったのは、いちばん深いところから揺り動かされたということだった。自分には、自分も知らないそういう場所があるのだ。そのことも初めて知った気がした。そして、もしなにかを作るとするなら、目指すのは、それ以外の道はないのだろう。そうも思ったのだった。

それから半世紀以上、わたしはずっとゴダールの「新作」を観てきた。その中には、素晴らしいと思える作品も、そんなに素晴らしいとは思えない作品もあった。けれども、ゴダールの作品は、わたしにとって別格でありつづけた。

彼の新作を観ることができるということは、わたしにとって、未来はまだある、という意味だったのだ。

ゴダールの訃報は「自殺幇助《ほうじょ》（安楽死）」を選んだというニュースと共に入ってきた。それは、映画監督ジャン＝リュック・ゴダールにふさわしい最後のように、わたしには思えた。

代表作である『勝手にしやがれ』で、ジャン＝ポール・ベルモンド演じる主人公のミシェルは、警察に追われ逃亡する。だが、一緒に逃げていたはずのガールフレンド、パトリシア（ジーン・セバーグ）に裏切られ、警察に通報され、背中を撃たれて、よろめきながら逃げつづけ、ついに道路のまん中で倒れる。そして、近寄ってきたパトリシアに「きみは最低だ」と告げた後、自分の指で瞼《まぶた》を閉じて死んでゆくのである。いや、『気狂いピエロ』の主人公ピエロ（同じくベルモンドが演じた）も、恋人（アンナ・カリーナが演じた）を失った悲しみの果てに、顔に青いペンキを塗り、ダイナマイトで自爆したのだった。

彼の映画の中で生きたジャン＝ポール・ベルモンドもジーン・セバーグもアンナ・カリーナも、もうこの世を去った。最後に残ったゴダールは、彼が作り出した映画の中の人物たちのように、自分自身を主人公とする「人生」という映画の終わりにふさわしい演技をすることにしたのだろうか。

かなり前から、ゴダールの作品は、新作が出てすぐには観ずに、次の作品が生まれてから観るようになった。何年かぶりに新作が送られてくる。それを知った後に、まだ観てはいなかった「最新作」を観る。そんな習慣になっていたのだ。

もう新作を観ることはないのだとわかって、ようやく昨夜、ゴダールの最後の作品となった『**イメージの本**』を観た。素晴らしい作品だった。ほんとうにもう新作は観られないのだ。

通常の意味では「難解な」映画なのかもしれなかった。ストーリーはなく、ただ、過去のさまざまな映画作品と20世紀以降の世界の暴力の映像の断片が音楽の断片と共に次々と目の前に登場するだけだ。その間に、現在のどこかの海辺の、信じられないほど美しい極彩色の風景が挟まれる。その繰り返しが、あまりにも心地よかった。思えば、「ふつう」の映画の方が異常なのだ。たとえば、誰かひとりの恋愛をずっとそれだけ観ているなんてことは、日常ではありえない。わたしたちは、あらゆる情報が断片的に入ってくる世界に生きてそこで死んでゆく。だとするなら、ゴダールの映画の方が、ほとんどすべての映画より「リアル」なのである。そんなことを考えながら、わたしは観ていた。

エンドロールが流れ、映画が終わった。すると、真っ暗になった画面の向こうから、ゴダールが語る声が流れはじめた。それが彼からの最後のメッセージだった。

「たとえ何ひとつ望み通りにならなくても、我々の希望は変わらない。希望は夢であり続け、必要なものだ。その先も、希望は強敵に封じられた多くの声に火をつけ、常に湧き上がる。希望の領地は今より広大になり全大陸に及ぶだろう。異論と抵抗の欲求が減ることはない。過去が不変であり希望が不変であるのと同じだ。そして我々が若い頃、熱い希望を抱かせた人びとも……。たとえ何ひとつ望み通りにならなくても、希望は生き続ける」

さよなら、ＪＬＧ。

ギョギョギョとじぇじぇじぇ

映画の『さかなのこ』は、あの「さかなクン」の「伝記映画」。観に行く前に、原作の『さかなクンの一魚一会 まいにち夢中な人生！』（さかなクン作・絵 講談社青い鳥文庫）を読んでみた。なんと、予想を遥かに超えるおもしろさだったのだ。

ウィキペディアによると「さかなクン」は1975年生まれ（わたしの妻と同じ）で本名は宮澤正之、父は囲碁棋士の宮沢吾朗九段（！）。

「さかなクン」は好きになると一直線の子どもだった。はじめは「トラック」が好きな「トラッククン」、それから妖怪が好きな「ようかいクン」へ。そんな「さかなクン」は、ある日、運命の出会いをする。「さかなクン」のノートに、友だちがいたずら書きをしていたのである。

「無造作に広げられた自分のノートを見た瞬間、体の中でどっかーん！ と、なにかが爆発したような、いままで感じたことのないような強い衝撃を受けたのです！（なんだ、なんだこの絵は‼）」

それは、タコの絵だった。その瞬間、「さかなクン」はタコに、というか「さかな」と恋に落ちたのである。ちなみにこのとき小学2年生。この日を境に、「さかなクン」の頭の中は「タコ、タコ、タコ」で占められる。寝ても覚めても、ずっと図鑑の『水の生き物』のタコのページを眺めている。授業中も上の空。そして、お母さんに頼んで、夕食は毎日のようにタコ料理。日曜日ごとに関東近辺の水族館に連れていってもらうようになったのだ。

もちろん、タコは単なる始まりに過ぎなかった。あらゆる「おさかなさん」たちに対し、「さかなクン」が全身全霊で向かい合う日々が始まったのである。

気に入った魚ができると、ひたすらノートや教科書の余白に絵を描きつづけ、実物を見るためには、水族館や魚屋に通いつめ、手に入れては料理して食べる。とにかく「さかな、さかな、さかな」の日々。それが延々と何年もつづくのである。当然のことながら、学校の成績は悪化する。授業にもついていけない。

もしかすると、この本の白眉《はくび》は、「さかなクン」本人よりもお母さんの言動の方なのかもしれない。まったくブレないのである。

「学校の勉強も……」といわれると、

「成績が優秀な子がいればそうでない子もいて、だからいいんじゃないですか。みんながみんないっしょだったら先生、ロボットになっちゃいますよ」

「絵の才能を伸ばすために、絵の先生をつけて勉強をさせてあげたら」といわれると、

「そうすると、絵の先生とおなじ絵になってしまいますでしょ。あの子には、自分の好きなように描《えが》いてもらいたいんです」


それだけではない。釣りに行った「さかなクン」が自分で飼って育てたい、というと、なんと家にはもう、お母さんが買ってきた水槽が！　魚屋に行って、「さかなクン」が気に入った魚があると買って、もちろん帰宅して料理してくれるし、水槽を買いすぎて、畳が沈んで腐っても「水槽って、畳に置いちゃダメだったのね」というだけ。このお母さんの、子どもに対する全肯定の凄《すさ》まじさぶりに、わたしは深く感動したのである。

ちなみに、「さかなクン」は魚以外では吹奏楽が好きで、バスクラリネットを吹くそうだ。楽器屋でこの楽器を見つけて気に入った「さかなクン」は、翌日、お母さんと一緒に出かける。ただ楽器の音の美しさをお母さんに聞いてもらいたくて。すると、お母さん、あっさりこういうのである。

「本当にすばらしい音色です。このバスクラリネット、いただけますか？」

店員もびっくりするが、もっとびっくりしたのは「さかなクン」だ。なにしろこの楽器、47万円（！）もするのだから。

「買わなくていいよ」という「さかなクン」にお母さんは、こう答える。

「大丈夫よ。こういうときのために、コツコツためてた定期預金、おろしてきたから」

頑固なお父さんだって、「さかなクン」が魚にしか興味がなくても文句もいわず、お兄ちゃんも、夕食が魚ばかりでも文句をいわなかった。家族みんなが、この一風《いっぷう》変わった男の子を丸ごとを受け入れていた。だから、「さかなクン」が生まれたのだ。

そんな「さかなクン」を主人公にして、映画『さかなのこ』が作られたのである。率直にいって、主人公の「さかなクン」を「**のん**」が演じることに若干の危惧はあった。そもそも男を女が演じても平気なのか。実在の人物なのに、である。だが、映画を観終わってみると、「のん」以外に「さかなクン」を演じることができる役者はいないように思った。というか、外見はまったく似ていないが、映画の中には、本で描かれたあの「さかなクン」がそのまま生きていたように思えたのである。

「さかなクン」の決めゼリフが「**ギョギョギョ**」なら、「のん」を有名にしたNHKの朝の連続テレビ小説『**あまちゃん**』でのセリフは「**じぇじぇじぇ**」だろう。ちなみに、『あまちゃん』には「さかなクン」も出演している。舞台も海辺だった。『あまちゃん』のような作品の中だけではなく、実際に「のん」がどれほど「自由」な人間なのかは、『**創作あーちすとNON**』（のん　太田出版）を読めばわかってもらえると思う。

あのハコフグの形をした帽子も、「ギョ」を連発する不思議なしゃべり方も、「ふつう」ではない。では、なになのか。「自由」なのである。そして、「自由」は、「ふつう」の人たちにとって眩《まぶ》しく、同時に少し恐ろしい。いまや「さかなクン」も、少年ではなくおじさんだ。わたしがこのコラムで度々書いている、遠くから子どもたちに「自由」を教えにやって来る「親戚のおじさん」なのだ。そう、わたしたちは、あの「おじさん」が子どもの頃、どんなふうに過ごしていたのかを知ることができるのである。

さて、こちらに「さかなクン」がいれば、あちらにいるのは、当然「むしクン」、いや偉大な『昆虫記』の著者アンリ・ファーブルということになるだろう。

『ファーブル昆虫記8　伝記　虫の詩人の生涯』（奥本大三郎訳・解説　集英社）に「はじめて小鳥の巣《す》をみつけた、子どものときのあの天にものぼるような気持ちを知らない人は、私に石を投げつけるがよい」というファーブルのことばがある。それは「タコ」と生まれて初めて出会い震撼《しんかん》させられた「さかなクン」が発したことばと同じものだったのだ。

わたしの本棚には、大正時代に刊行された日本で最も古い『昆虫記』の翻訳がある。翻訳したのは、日本でいちばん有名なアナキスト大杉栄。1巻で終わっているのは、彼が関東大震災の時憲兵に虐殺され、翻訳が中断したためである。みんな「自由」が好きな人ばかりだったのだ。

老人はみんな死ね

最近、同世代の知人からこんな話を聞いた。銀行から突然「70歳を超えたので、カードローンの残債を全額払うように」という連絡があったのである。調べてみると、契約条項の中に小さく「融資は70歳まで」と書いてあった。手元に余裕があったので、知人はすぐにローンの残りを払ったが、気持ちがざわついたという。「70歳になると社会からの切り捨てが始まるのか」と。

実は、わたしも同じような経験をしたばかりだ。訳あって、地方に仕事場を借りたのである。保証人が必要だといわれた。そりゃそうだろうと知人の弁護士に頼もうとした。すると、「この近辺に住む人でないとダメ」と不動産屋にいわれたのである。理由を訊ねると、「70歳を超えているから」だと。えっ、なにそれ?

さらに、インターネットを開設する段になって、業者から「65歳を超えていらっしゃるので、奥様に確認をとりたい。連絡先を教えてほしい」といわれたのである。連絡がとれるまで開設できないのだそうだ。これにもびっくり。

おそらく、カードローンや賃貸やネットだけではないだろう。「70歳」を目安に、この国では一気に住みにくくなるようだ。もし、わたしが所得がきわめて少ない独身の老人で、頼りにできる知人もいないとしたら、どう生きていけばいいのだろう。いや、そういう人たちは、たくさんいるはずなのだが。

映画『PLAN《プラン》75』（脚本・監督 早川千絵）を観た。観たのはイオンモールに併設された、シネコンだ。公開から時間がたっていたので、そこでしかやっていなかったのだ。地図を頼りにいちばん近い駅で降りたが、タクシーは来ないし、バスもない。モールに行くのはみんな車か、専用のバスが出る別の駅から行くのである。携帯でタクシーを呼んでなんとかたどり着いた。なにもないところにポツンと巨大モールがあった。そんな映画館で観たのだ。

ひとことで感想をいうなら、こういう映画こそテレビのゴールデンタイムで放映してもらいたいと思った。老人はみんな傷つくか、目をそむけたくなるか、ため息をつくだろう。いや、老人ばかりではなく誰しも胸に手を置いて考えたくなるだろう。

少子高齢化が進んだ近未来の日本で、「長生きする老人」のために、社会は疲弊してゆく（と政府やマスコミは喧伝《けんでん》する）。そのため、満75歳になると「生死の選択権」を与える制度が国会で可決される。それが「プラン75」だ。なんだか生命保険にありそうなプラン名で微妙な気持ちになる。

倍賞千恵子が演じる主人公の角谷ミチは、夫と死別した78歳の老女。ホテルの清掃係として働きながら、ひっそりと独り暮らしをしている。ある日突然、ミチは同僚と共に解雇される。理由は「**高齢だから**」である。無職になったミチは、家の立ち退きも迫られる。必死になって不動産屋を回るが、高齢で無職のミチに部屋を貸してくれる人はいないのである。やっと見つけた仕事も、夜の交通整理。寒空の下の立ち仕事は高齢のミチにはきつかった。そして、同じ職場の同僚だった高齢の女性の孤独死の現場を発見したミチは、ついに「プラン75」を申しこむことを決意するのである。

老人たちが少しずつ生きる場所を失っていく様子を観るのは結構つらい。それが、どう考えても、ほぼ現実と同じであると思うと、もっとつらい。けれども、なぜだか、これは観なければならない作品だと思えてくるのである。

この映画で、ミチを演じる倍賞千恵子の演技が素晴らしい。というか、その「老い方」があまりにリアルなのだ。顔や口もとの皺《しわ》、たるんだ皮膚、鈍い動き、そのすべてが、「老人とはこういうものだ」という現実を突きつけてくる。とりわけ、朝起きて、布団で寝たまま、自分が生きているのを確かめるように、ミチが我が手を伸ばして見つめるシーンがある。観客も、ミチと同じ気持ちになって、その手を見つめる。その手はひどく老いているのである。

最後にミチは、「プラン75」の決まり通り、ある施設に向かう。「プラン75」を選択した者はみんな、その施設で、静かに死を迎えることになるのである。老人たちは、役に立たない。貧しい社会の資源を食いつぶす。だから、死ぬことによって「**社会のお役に立つ**」のである。

この施設で亡くなった者たちが残した物は、集められ、分けられる。迎え入れから、最後の分別まで、画面を見つめながら、わたしはどこかで見たことがあるような風景だと思った。そして、最後に気づいた。それは、ナチスの強制収容所(の映像)で見かけた風景だったのである。

貧しさ故に、それを口実にして、その社会から、老人が本人「自らの意志」という形をとって葬り去られる。それを「棄老《きろう》」の物語というなら、『PLAN75』より遥か以前に、「棄老」の物語の傑作があることをわたしたちは知っている。いうまでもなく、深沢七郎の『楢《なら》山節考《やまぶしこう》』(新潮文庫)だ。

『楢山節考』は、およそ68年前に書かれた。日本文学の不滅の古典とでもいうべき作品だ。主人公の「おりん」は69歳。極度の貧困と食糧不足に悩むこの村では70歳になると「楢山まいり」に行く習慣がある。「楢山まいり」とは、山に入って戻らぬこと。つまり、人減らしのための「死出の旅」のことだ。いま、このあらすじを書いてみると、この映画の政府・国家が、考え、作り出した「プラン75」は、要するに「楢山まいり」なのだということがよくわかる。

「おりん」は、近づいてくる「楢山まいり」を楽しみにしている。いや、ほんとうはそうではないのかもしれないが、貧しい家族たちにとって、それが必要であることを深く理解しているのである。そのために準備を怠らない。

「誰も見ていないのを見すますと火打石を握った。口を開いて上下の前歯を火打石でガッガッと叩《たた》いた。丈夫な歯を叩いてこわそうとするのだった」

なぜそんなことをするのか。「年をとっても歯が達者」で、「何んでも食べられるというように思われるので、食料の乏しいこの村では恥ずかしいことであった」からだ。

最後に「おりん」は、息子の「辰平」に背負われて山奥に入ってゆく。そこには、先に死んでいった村人たちの白骨が散乱している。その中に「おりん」を置くと、「辰平」はうしろも振り返らずに走って逃げる。すると雪が降ってくる。掟を破って立ち戻った「辰平」が、岩かげから覗くと、からだに雪が積もってくる中、「おりん」は「白狐《しろぎつね》のように一点を見つめながら念仏を称《とな》えていた」のである。

『PLAN75』と『楢山節考』にはまったく同じシーンがある。それは、最後の日に家を出るときの作法を教えるシーンだ。

『楢山節考』では、その作法を教えるのは、経験者である村人たちで、それは深い共感と労りに満ちたものだ。けれども、『PLAN75』でそれを伝えるのは、そのサービスのために作られたコールセンターの係員なのである。

こんなにスロウでいいですか

今回で、この連載は記念すべき100回目だ。ここまで続いているのも、すべて読者のみなさんのおかげである。感謝しております。なので、ちょっと100回目にふさわしいテーマを選んでみた。気に入っていただけると嬉しい。

以前から気になっていた本がある。**『映画を早送りで観る人たち　ファスト映画・ネタバレ――コンテンツ消費の現在形』**（稲田豊史　光文社新書）である。ついに読んだ。いや、おもしろかった。まったく新しいことに気づいたというより、なんとなく思っていたことがすべてみごとに言語化された感じがするのだ。

メモを見ながら、気になったことを書いていってみたい。とりあえず「映画を早送りで観る人たち」の存在だ。最近、気になりませんか？　この本は、こんな文章で始まっている。

「気がつくと、Ｎｅｔｆｌｉｘ（ネットフリックス）をパソコンで観る際に１・５倍速で観られるようになっていた。セリフは早口になるが、ちゃんと聞き取れる。字幕も出る。

かつてＮｅｔｆｌｉｘにこの機能はなかった」

「1・5倍速」以外の再生速度もあれば「10秒送り」「10秒戻し」のスキップボタンもある。いま、視聴者の大半はこの機能を使っている。どの程度の人たちが使っているのか。著者が使った2つのデータでは、いずれも若い人ほど使う率は高く50％から90％だ。はっきりしないのは調査サンプルが少ないからだろう。わたしの教え子の学生たちも多くが、これらの機能を使っていたからその通りだと思う。

では、なぜ「倍速」やスキップを使うのか。

①作品数が多すぎるから。一昔前なら映画を観るためにDVD（やビデオ）を買うにせよレンタルするにせよ、お金がかかった。今や動画配信サービスの成立で遥かに安価に観ることができるようになった。

②「コスパ」を重視する人が増えた。「タイパ」（タイムパフォーマンス）と呼ぶ、時間の節約が圧倒的に重視されるようになった。

若者たちは無駄を罪悪視する。できるだけ短い時間で効率的に映画（等）の内容を知りたいのである。その象徴が、「数分から十数分程度の動画で映画1本を結末まで解説するチャンネル」、通称「ファスト映画」だ。ただし、これは著作物の違法アップロードで、近年摘発されたことをご存じの方も多いだろう。実は、わたしも何度か観たことがある。正直便利だ。内容を知るだけなら、これで十分なのである。

さらにもう一つの理由は意外だ。

③セリフですべてを説明する映像作品が増えたこと。わかりやすい作品をみんなが求めるようになる→セリフで説明する→セリフなら倍速で観てもよくわかる。

なるほど。では、なぜこんなことが起こったのか。そこには深い理由があったのだ。その説明を、「倍速視聴」風にやってみよう。

……この「倍速視聴」の習慣は若者たちが作った。もちろん、かつても「倍速視聴」はあった。それは映像作品好きの「オタク」たちがどうしてもたくさん観たくてやったものだった。いまはちがう。「忙しい中、友達の話題についていきたいから倍速で観る」のである。なぜそうなのか。彼らは「LINEの友達グループ」に「四六時中つながっている。文字通り、朝起きてから夜眠るまで。いつでも連絡できるし、常に何かしらの反応を求められる」のだ。では何をネタに話せばいいのか。いちばん手っ取り早いのは「コンテンツについての話題である」。

なにしろ「大学生を中心とした若年世代にとっては、仲間の和を維持するのが至上命題」、とにかく共感しあわなければならない。その上「LINEグループは1つや2つではない」。チェックしなければならないコンテンツは増える一方。そのためには、映像作品をふつうの速度で観る余裕などない。当然の如く、「倍速視聴」したりスキップしたり、ときには「ファスト映画」で満足するしかないのである。いや、もっと恐ろしいことがある。
それは「彼らが受けてきた『個性的でなければいけない』という世間からの圧」だ。若者たちはみんな「個性的でなければ就活で戦えない」と感じているのである。「個性的」といえば「オタク」だ。いや「もっと正直に言うなら、〝自己紹介欄に書く要素が欲しい〟」のである。かくして、著者は、こう結論づける。

「この種の人たちは『友人に共感しなければ』と焦り、個性のための趣味が欲しくてオタクに憧れるが、無駄は排したい。その結果、チート（高橋注、「ずる」もしくは「抜け道」）を求める。これらが行為として現れたのが、倍速視聴であり、10秒飛ばしであり、ファスト動画の存在であり、『観るべきリストを教えてくれ』という要望だ」

著者はこの（「倍速視聴」的な）流れは、戻せないだろうとしている。誰もがみんな「速さ」に流れてゆく。ちなみに、大学アンケートで「最も倍速視聴されていた映像ジャンルは『大学の講義』だった」。その理由は「早送りに慣れた大学生たちは、実際に人間が喋る速度にまだるっこさを感じる」からなのかもしれない。
どうだろうか。わたしは映画を倍速視聴では観られない。落ちつかないからだ。でも、それでは生きていけないのかもしれない。はたして、スロウな速度に生きる道はあるのか。

先頃亡くなった、劇作家・宮沢章夫さんの『時間のかかる読書』（河出文庫）を読み返した。やっぱりおもしろい。いや超おもしろい。

これは、宮沢さんが、横光利一が1930（昭和5）年に発表した、原稿用紙で僅か50枚（文庫本で30頁）ほどの「機械」という短篇を、なんと11年（！）かけて読んだ、その読書録である。じっくり読んでも1時間もかからない（速い人なら30分？）作品を、11×365×24倍かけて読んだ。暇な人は計算してみてください。でも、みんな暇じゃないんだろうが。倍速の正反対。超絶スロウ・リーディングの極みである。「速読」ということばはあるが「遅読」ということばはあるのだろうか。そもそもこの小説、改行はほとんどないし、筋らしい筋もない、読点もほとんどない。ふつうの意味では、まったく「おもしろくない」小説なのだ。だからこそ、宮沢さんは、ゆっくり読んだ。

ゆっくり読むと、なにが起こるか。変なことが起こるのである。

たとえば、あなたが、大好きな恋人の顔を見るとするでしょう。最初は「いいな」とか「うーん、好き」と思う。でも、それが10時間ぶっ通しだとどうなるか。「これが顔なのか」とか「顔って変だよね」とか「いかん鼻の穴ばかり見てる」とか「なんだかもう顔に見えない」とかになってゆくかもしれない。さらにそれが続くとどうなるか。そのことを宮沢さんは書いた。「倍速」視聴の時代にこそ、ふさわしいなにかを、である。

みんな空耳だった

『タモリ倶楽部』という、深夜のテレビバラエティーに「空耳アワー」というコーナーがある。いまも定期的に放送されているはずだ（2023年3月で終了）。外国語（主に英語）のポップスの歌詞で日本語に聞こえるところを拾いだし、紹介する。そのように指摘されると、外国語なのに、その日本語にしか聞こえない。なんて不思議。ファンの方も多かったと思う。わたしもファンです。

なかなかやってくれないので、ときどき自分で「空耳」を探してみるのだが、見つけるのは難しい！　なので、わたしがふだんやっている遊びを、ご披露したい。ひとこと書いておくが、遊びなので、マジメにとらないように。

使うのは『空耳アワー辞典』（空耳アワー研究所）だ。ちなみに、この本08年刊行で、滅多に手に入らない珍本である。そこのところもおもしろい。この本には「空耳」曲とその該当箇所が載せてある。ただし、日本語だけなので、オリジナル曲のどこが「日本語」に聞こえるのかわからない。だから、オリジナル曲の歌詞を探し、さらに曲をユーチューブで探し、確認し、爆笑する。手のこんだ遊びである。これを仕事がしたくないときに、いつまでもやっている。もちろん、現実逃避です（苦笑）。

いうまでもなく、「空耳アワー」そのものも動画で探せるのだが、それでは答えを教えてもらうようなものだ。本に書いてある解答をもとに、どこなのかを探すのである。


とりあえず、いってみよう。アース・ウインド&ファイアーの名曲「レッツ・グルーヴ」に「生麦　生たまご　生麦　生たまご！」という歌詞があるのだそうだ。マジで？　じゃあ、聴いてみよっと。みなさんも、どうぞ。すると、どうだ！　イントロでいきなり、「生麦生たまご　生麦　生たまご！」と連呼しているじゃないか！　なんだ、これは！　しかも、ふつうに歌うところに入ってからも、ずっとバックで「生麦　生たまご」って歌ってる！

その歌詞はというと、

〝…………，……………………　…〟（諸般の事情により編集部に止められ、歌詞が載せられません！）

いや、ぜんぜん「生麦　生たまご」じゃないじゃん……。それなのに、一度、この音に気づくと、もう英語の歌詞ではなく「生麦　生たまご」に変換されてしまうから、ほんとに不思議。中毒になりますよ。

では、次はローリング・ストーンズの「サッド・サッド・サッド」という曲。そこに、こういう歌詞があるのだそうだ。

「くせーくせーくせーくせー、くせーくせーくせー、くせーくせーくせードアの前やっぱくせーよ便所！」

ほんとかよ……。というわけで、ストーンズの「サッド・サッド・サッド」、聴いてみましょう。なんと、ありました……。ほんとに、そう歌ってるんですよ、ミック・ジャガーが！　まずいよ、ミック！　いったいどうしてそう聞こえるのか。そこで、さっそく歌詞を確かめてみるとですね、

〝…………………………………………〟（すいません。ここも編集部に止められ歌詞が載せられません。涙）

なるほど、「sad」の連呼が「くせー」に聞こえるのか。それはなんとなくわかる。でも〝…………………………………………〟（編集部注・諸般の事情で……）が、何回聴いても、確かに「ドアの前やっぱくせーよ便所！」に聞こえる！　なんてことだ！

こういう衝撃をぜひみなさんにも味わってもらいたい。では、どうぞ。

「パパは顔がおっさん臭せ！」（ジョン・レノン「夢の夢」）

「金ないよ　1000円くれ！」（ジェイムス・ブラウン「ドゥーイン・イット・トゥ・デス」）

「足を刺されりゃ　そりゃ痛てえっす！」（ガンズ・アンド・ローゼズ「イッツ・ソー・イージー」）

「ラーメンライスチャーハン冷麺」（エルトン・ジョン「ブルースはお好き？」）

ほんとに彼らがそう歌っているのか、確かめてくださいい（お暇な時でいいです）。

ところで、この「空耳」現象には、きわめて重要な問題が含まれていることをわかっていただけるだろうか。それは、日本人にとっての英語の発音の困難さである。たとえば、水を「ウォーター」と発音しても、ネイティブの方に通じない、とみなさんも教わっただろう。そして「ワラ」と発音せよと。要するに「藁」である。よく似た日本語に変換する方が英語に近いという逆説がそこにある。というか近道が、ある。ちなみに、その起源は、ジョン万次郎が〝What time is it now?〟を「掘った芋いじるな」と発音しろと教えたエピソードだ（事実かどうかはわからない）。我々の先祖も、みんな発音に悩んだのである。しかし、その逆もあることをみなさんはご存じだろうか。英米人が日本語を話す場合には、逆の苦労がある。日本語をどう発音していいのかわからないのである。では、彼らはどう発音しているのか。いや、どう学んだのか。その歴史的記録を最近、手に入れたのである。それがもうめっちゃおもしろい。

『REVISED AND ENLARGED EDITION OF EXERCISES IN THE YOKOHAMA DIALECT』（LEOPOLD CLASSIC LIBRARY）は、幕末から明治初めにかけて、主に横浜在住の英米居留民

に向けて書かれた「日本語の発音」に関する本の復刻版で、著者は不明とされている。ジョン万次郎の「掘った芋いじるな」の逆バージョンだ。

日本に来た外国の方々も発音に苦労したんだなあと同情したくなる。では、逆「空耳」スタート！

「Oh my」。これ何でしょう。正解は「you」、つまり「**おまえ**」ですね。ということは「**オーマイ**」って発音したわけですよ。

では「Ohio」って何？「オハイオ」？ はい、正解は「Good morning」。「**おはよう**」は「**オハイオ**」だったのか。では、次。わかりますか。わかりますよね。

「Sigh oh narrow」、「Moods cashey」。「ためいき、もしくは、狭い」と「お金っぽい雰囲気」ではなく、もちろん「**さようなら**」と「**むずかしい**」という発音で、英米居留民のみなさんは「Good bye」と「Difficult」を表現されたのである。なるほどなあ。

というわけで、「Worry」は「**ワリー**」と発音されるけれど、それは日本語の「**悪い**」で「Bad」になり、「Moose me」は「**ムースミー**」ではなく「**ムスメ**」で「A woman」になるのである。では、最後におまけです。こう発音される日本語は何でしょうか。たぶん、すぐわかりますね。

「Eel oh」、「Oh Kashy」、「Matty」、「Coachy weedy」。最後のやつは文章です。もう一つおまけに「A row」。それから「Ah me kass」って何だ。

みんないつかは

有吉佐和子の『恍惚の人』（新潮文庫）は、1972年に刊行された。ほぼ半世紀前だ。194万部を売り上げてその年のベストセラーNo.1になり、「認知症」を発症した人間を意味する「恍惚《こうこつ》の人」も流行語となった。手元にある文庫版も71刷だ。日本人が「認知症」というものを考える際のバイブルとなった本だろう。でも、わたしにとって今回読むのが初めて。読んでびっくり。こんなにおもしろくて、同時に考えさせられる本だったとは！

主人公の「昭子」は、夫の「信利《のぶとし》」や一人息子の「敏《さとし》」と暮らしている。離れには舅《しゅうと》の「茂造」と姑《しゅうとめ》が住んでいた。ある日、姑が突然亡くなる。だが、舅はそのこともまるで知らないかのように振る舞う。そこでようやく、夫婦は舅の異変に気づくのである。やがて、舅は少しずつ「壊れてゆく」。たとえば、自分の息子や娘はわからないのに、嫁の「昭子」だけは覚えている。いくら食べても、繰り返し、腹が空いた、と食事を要求する。姿が見えないと思うと、何キロもひとりで、車の多い危険な道を、年寄りとも思えないスピードで歩いていってしまう。夜になると何度も覚醒し、嫁の「昭子」を寝かさない。やがて、おねしょをし、トイレを汚し、最後には排出した便を畳に塗りたくるに至るのである。そのすべてが、わたしたちがよく聞く「認知症を発症した老人」の行為とされるものだ。そのありさまを、有吉佐和子は、初めて、この国の人たちに広く知らせたのである。

しかし、この『恍惚の人』のおもしろさには、「恍惚の人」本人ではなく、「恍惚の人」によって翻弄される家族たちの「うろたえぶり」にあるように思えた。

「共働き夫婦」なのに、舅の世話をする気がまったくない夫に、「昭子」は呆然とする。そして、身近に「恍惚の人」がやってきて、初めて近所の敬老会館を訪れたり、老人の介護施設の少なさに驚愕したり、知人たちの多くも同じように「恍惚老人」を抱えていることを知る。実はいたるところに「老人問題」はあったのだ。それればかりではない。「恍惚老人」の扱いに苦労するうちに、「老い」について調べはじめた夫婦は、同時に、自分たちにも「老い」が忍びこみつつあることを知る。自分よりも遥かに若い世代の事務員に「齢《とし》をとるのって、嫌やですねえ」といわれたとき、「昭子」はこう思う。

「若者の笑い声は、本当に残酷だ。彼女たちは度忘れをすることなどないのだろう。どんな疲れも一夜眠れば跡形もなく消えてなくなるのだろう。どこの筋がゆるむことも自分の身には想像できないのだろう。私も若いときはそうだった。そして若い頃は私も老人に対する思いやりに欠けていた」

そこまで来たとき、つまり「恍惚の人」が、遠い世界の誰かではなく、そう遠くない将来の「自分」の姿かも知れないと気づいたとき、「昭子」たちは、慄然とする。うんざり、厄介者、死んでくれたらいいのに、と思われているのは、未来の自分たちなのだ。

小説の最後、「昭子」は、まるで「赤ん坊」のように無邪気になってゆく舅を受け入れる決意をするが、その直後に、「恍惚の人」はあっさり肺炎で亡くなってしまう。

『恍惚の人』の中で、「昭子」は何度も、「老人が増えていく」ことに言及している。それは、当時でも目立つ現象だったのだろう。

「高齢者」の定義は一般的には「65歳以上」だ。ちなみに、『恍惚の人』刊行の2年前の70年の「65歳以上」の人口は739万で人口比率は「7・1%」（以下統計局資料）。また本文中には、予測として「昭和八十年には六十歳以上の人口が三千万を超え」と書いてあるが、昭和80（2005）年の実際の数値は「65歳以上」が「20・2%」で2576万人。人口ピラミッドを見ると「60〜64歳」は分厚い層を作っているので、『恍惚の人』の予測を超え、3000万を遥かに上回っていただろう。

最新の統計によると2021年の日本の「65歳以上」の人口は3621万、人口比率は「28・9%」。わたしたちの国は世界でもっとも高齢化が進んだ国になった。『恍惚の人』の時代など、いまや牧歌的に見えるのである。

『シンクロと自由』（医学書院）を書いた村瀬孝生さんは、「宅老所よりあい」を含む３つの特別養護老人ホームの統括所長だ。村瀬さんは、下村恵美子さんが始めた「宅老所よりあい」にボランティアとしてかかわった。下村さんは、勤めていた養護老人ホームでは老人たちが人間扱いされていない、と感じ、介護を必要とする「認知症の老人」を人間として扱う新しい場所を作り出そうとしたのである。

　わたしは、下村さんとも村瀬さんともお話をしたことがある。そこでの老人たちは、わたしも見たことがある、あるいは、よく聞く「認知症の老人」たちとは異なった扱いをされていた。人間は口から食べる生きものだ、という信念の下、どんなに時間がかかっても、ゆっくり、自分の口から食べたり、食べさせていた。「徘徊《はいかい》する老人」がいても、止めたり、危険だからと縛りつけたりもしなかった。徘徊するのには理由があるのだと自由に歩かせた。もちろん、安全のために、後をつけたり、近所の人に頼んで気がついたら連れ戻してもらったりした。おかしなことをいっても、いつまでも聞いてあげた。その「おかしなこと」には、また、その老人に特有の理由と物語があるはずだったからだ。そのせいだろうか。最初は怪《け》訝《げん》な目つきで、その施設の老人たちを見ていた近所の人たちの中から、「認知症になったら、わたしもここへ入れてください」という人まで出るようになった。『シンクロと自由』で、村瀬さん（たち）がやったのは、「恍惚の人」の内面に入りこみ、その世界はどうなっているのかを理解する試みだった。

村瀬さんは、母親を介護したときの経験を書いている。介護が必要になって排泄の後始末ができなくなった母親を前にして、村瀬さんは困惑する。かつて、自分がしてもらったことを母親にしなければならないからだ。そして、思わず「うんざりしたまなざし」を母に向けている自分に気づいてショックを受ける。けれども、やがて、村瀬さんは、一歩前に進むのだ。

「母の排出したうんこを見て感想を言うように心がけるようになった。『象も顔負けの大きさだよ』とか『ヤギの糞みたいにコロコロしとる』という具合に。加えて『俺のうんこのほうが大きい』とか『今日は俺の負けやね』と競い合うようにしている。においがあまりに強烈なときは『俺のほうがもっとくさい』と自慢する。『そんな馬鹿な』となかば呆れて母は笑う」

誰もがみんな老いる。老いて、多くは「認知症」になる。それをどのように優しく人間として受け入れるのか。その戦いの記録を村瀬さんは書いた。もしかしたら、村瀬さんの前には半世紀後の『恍惚の人』の「昭子」もいたかもしれない。ならば、「昭子」はどう思っただろうか。

人類がいなくなった後に

『犬だけの世界　人類がいなくなった後の犬の生活』（ジェシカ・ピアス＋マーク・ベコフ著　吉嶺英美訳　青土社）を読んだ。なぜ読んだのかというと、以前、アラン・ワイズマンの『人類が消えた世界』（鬼澤忍訳　ハヤカワ文庫NF）を読んでおもしろかったからだ。というか、ピアスさんとベコフさんもワイズマンさんの本を読んで、この本を書くことを思いついたのだそうだ。やっぱりね。

誰もがそう思うはずだが、そもそも、どうして人類がいなくなるのか、その理由によって、犬の生き残り方もいろいろ出てくるのではあるまいか。巨大隕石《いんせき》直撃だと、そもそも全生物が死んでしまう。そこらあたりは書いていないのだが、あえて突っこみはやめておきたい。

さて「犬だけの世界」になる前、現在どうなっているのかというと、世界に存在するイヌたちは総数10億匹（そのうち飼い犬は1億8000万匹）だそうだ。ピアス＋ベコフさんがいうところの「自由に歩き回るイヌ」の方がずっと多い。そして、よく知られているように、イヌの先祖はオオカミである。なんでも、オオカミからの進化の過程で多くの変化が起こった。外見に関するもっとも顕著な変化は「ベビースキーマ」というらしい。翻訳すると「幼形保有」。子どもっぽいということだ。オオカミがイヌになり、人間に飼われるようになると「子どもっぽく」（＝可愛く）なっちゃうのだ。人間は可愛いものが好きだから？

「もう一つの幼形保有の特徴として、『子犬の目』と呼ばれるものがある。ジュリアン・カミンスキーたちはイヌの頭蓋骨とオオカミの頭蓋骨を比較し、イヌには眉内側を動かす筋肉があるが、オオカミにはないことを発見した。彼らによれば、この筋肉の動きによりイヌの『幼形保有の度合いが高まるうえ、人間の悲しい顔に似た表情も作ることができる。私たち人間はそれを見て、つい世話をしてやりたいという気持ちになる』のだ」

モテる女の人は、よくこの得意技を使っているような気がする……。あと團十郎とか。もしかして表情が乏しい人はオオカミの遺伝子が混じっているとか？

この後、著者は「そのような特徴に心を動かす人間がいない世界では、むしろそれは不適応な特徴になるのではないか」と書いているが、可愛くても役に立たないのかい。残念！

いや、そういうわけで、著者は、次には食料問題を検討する。人間がエサをくれない世界で、イヌたちはどうやって食料を確保するのか。

「ガイドラインに基づくと体重約三〇ポンド（一三・六キロ）のイヌは一日におよそ八〇〇

キロカロリーを摂取する必要がある。もう少しわかりやすく言うと、たとえば三〇ポンドのイヌがコオロギを食べて生き延びるとしよう。一匹のコオロギが約一キロカロリーとすると、このイヌは一日に八〇〇匹のコオロギを捕まえて食べなければいけない。これは一日がかり、いやもっと時間がかかる大仕事だ」

人類がいない世界になると、イヌはコオロギを食べなきゃならないの？　もっと他のものを探しに行くと思うんだが。まあ、すべては「思考実験」だし、「コオロギのように小さな獲物はたくさんいる」のだから、いいとしよう。

さて、著者はさらに「**人類滅亡後のイヌの内面**」について思いをめぐらす。どんな「内面」を持つイヌが生き残るか。まことに重要な問題だ。そこで、著者は、様々な困難な問題に直面するにちがいないイヌたちに「粘り強さ」が必要ではないかと仮定してみた。そりゃそうだろう。ところが「ブチハイエナの問題解決能力を調査した」学者によれば「最も粘り強かったハイエナは、ときにワンパターンの思考にはまって同じ動作を繰り返し、そこから抜けられなくなっていた」のだ。ブチハイエナ、かわいそう、ワンパターンっていわれてる！

とりあえず「粘り強さ」だけでもダメなのは人間でも同じかも。それでは、「大胆さ」はどうなのか。「果敢に新たな状況を探ろうとする大胆なイヌは、慎重なイヌよりも生き抜くのに有利だろうか」と著者は問題提起する。そりゃ、激動する時代には「大胆」じゃなきゃ生きてはいけんだろ……と思っていると、「スイフトギツネの再導入プロジェクトで生き残った個体の行動特性」を研究したグループの調査では、「六カ月以内に死亡したのは、研究者たちに『大胆な性格』と評価されていたキツネだった」……なんてことだ。さらに、別のグループの調査では、「大胆な性格のトウブハイイロリスのほうが、リスク回避型のトウブハイイロリスよりも内部寄生虫に感染しやすかった」……って。それ、「大胆」だからじゃなくて、なんでも食べちゃうからじゃないんですかね。いや、そもそもイヌの未来なのに、リスの調査でいいんでしょうか。まあ専門家がおっしゃるのだから、それでいいのだろう。とにかく、著者は、信じられないほどたくさんの、様々な調査結果を踏破した結果、「人類滅亡後のイヌ」はどうなるのかについて、こんな結論を下すのだ。

「人間がいなくなればイヌにとっては大打撃だが、それでも彼らはなんとかやっていくはずだ」

いや、それ、研究しなくてもわかるような気もするんですが。

「忠犬ハチ公」、「フランダースの犬」、「わんわん物語」、「101匹わんちゃん」、「名犬ラッシー」、「南極物語」。イヌが主役の作品は無数にある。そして、彼らはみんな「飼い犬」で、そんな作品で育った我々は、人類がいなくなった後のことを心配してしまうのかも。では、「これはアレ」なら、「イヌならネコ」だろうが、調べてみても、「人類がいなくなった後のネコ」についての心配を書いた人はいないのである。ネコは放っておいても平気だとみんな思っているからだろうか。

本の終わり近くに、こんな文がある。

「人間がいなくなれば、イヌは本来のイヌとは違う姿を強制されることも、毛皮を着た人間のようにふるまうよう期待されることもなくなる……イヌらしい自然な行動を思う存分にできる、すなわち人間でいうところの『自己決定』ができるようになるのだ」

なるほど。イヌのためには、人間がいなくなった方がいいのかもしれないのか。というか、人間の大半だって「自己決定」できていないと思うのだが。いや、ほんとうのところ、「人類がいなくなった後の世界」を考える余裕などなく、環境破壊のせいで「イヌ（を含む、他の動物たち）がいなくなった世界」のことを考えるべきなのかもしれないですよね。マジで。

＼新しい家族の形……なのかな／

いま一つのマンガが騒然たる話題となっている。『マダムたちのルームシェア』（seko koseko　KADOKAWA）だ。今年（2022年）の9月15日に刊行され、12月12日現在、アマゾンのレビューがもう1335！　しかもそのうち☆5つが92％。とにかく絶賛の嵐なのである。さっそく手に入れて読み、驚いた。いや、この時代のために描かれたような作品だと思ったのだ。

登場するのは栞《しおり》さん、沙苗《さなえ》さん、晴子《はるこ》さんの3人のマダム。要するに高齢女性のみなさんである。年齢は書かれていないが、おそらく60代のどこかであろう。どうやら学生時代からの長い友人であるらしい3人が紆余《うよ》曲折を経て、一軒の家（マンション）に住む。いわゆるルームシェアである。その日々の暮らしの様を、この作品は淡々と描いてゆく。最初は1エピソードに3頁、途中からは6頁。1頁は基本3コマなので、とても短い。その圧縮された空間で3人のマダムたちが躍動するのである。

たとえば「美術館を楽しむマダムたち」というエピソード。良い天気なので、マダムたちは「お出掛け」したくなる。これが老夫婦ならどうだろう。だいたい一緒に行かないか……。彼女たちが選択するのは「美術館」である。そして、服を選んですぐ出発……とはならない。それがマダムたちなのだ。「服選び」という楽しみが待っている。

まず沙苗さんは、青の上着に黄色いパンツに麦わら帽子。栞さんと晴子さんがこういう。

「あら　沙苗のお洋服も夏が来たみたい」

「さわやかな青がきれいね」

すると、沙苗さんはあっさりこう答える。

「これね　ゴッホの自画像をイメージしたの」

ええっと驚く栞さんと晴子さん。と思いきや、晴子さんがこう告白するのだ。

「実は私もフェルメールの真珠の耳飾りの少女を意識したの」

よく見ると、晴子さんの耳には大粒の真珠。スカーフと服の色合いもフェルメール。

「私だけ遊び心を忘れてるじゃない…」と呟く栞さん。というわけで、栞さんのワードローブに入って沙苗さんがチョイス。最後にはセザンヌ風の色合いになった栞さん。美術館に出掛けて、絵を見ながら、栞さんは呟く。

「あら　ほんと　いい色…　この絵なら服に取り入れやすそう」

そこにあるのは、自由で、想像力に満ちた生活だ。というか、生活はそんなにも（金銭がそれほどなくとも）豊かになるのである。

さて、それ以外でも『マダムたちのルームシェア』では、生活を楽しむ術《すべ》が次々に描かれる。「エレガントでキュートなルームウェアを買ったわ」と沙苗さんがいえば、当然、3人は「パジャマパーティー」を開催する。

あるいは、ずっと雨が降る6月のある日。憂鬱そうな栞さんが「出掛けたいけど　雨に濡《ぬ》れたくない…」と呟くと、晴子さんは突然「手書き」の「喫茶店のメニュー」を持ってきて、「喫茶店ハルコよ」というのである。そして、いきなり蝶《ちょう》ネクタイをしめた晴子さんは、メニューにあるものを何でも作ってくれるのだ。

2人の注文は「紅茶とピザトースト」＆「ホットケーキとコーヒー」。注文が終わると栞さんはスマホで「それっぽい音楽」をかける。それを見て、沙苗さんは「昔は喫茶店もいっぱいあったわよねぇ」という。その瞬間、小さな部屋が、あの時代の喫茶店に変身するのである。

「この日以降　雨の日の『純喫茶ハルコ』はたびたび開店するのであった」

結婚し、家庭を持つ。子どもが生まれる。怒濤《どとう》の日々が始まる。気がつくと何十年かが過ぎて、家に静寂が訪れる。では、その後どうやって生きていけばいいのか。作者は、女性3

人のルームシェアという形で一つの理想型を作ってみせた。本書の最後には、この物語の前日譚《たん》が描かれている。

夫を亡くして1年、晴子さんは息子から同居しないかと誘われる。「良かったわね（略）第二の人生も安心ね！」とハシャグ、親戚のおばさん。その傍らで、晴子さんはなんとなく浮かない気分でいる。確かに、わたしは恵まれているはずだ。でも、いくら息子夫婦でも、同居となると気を使うことになるに決まっているのだ。まことにもって厄介な問題だ。もし晴子さんが介護を必要とする身体だったら、息子はそんな提案をしただろうか。晴子さんがまだ健康で、孫の世話もしてもらえると思ってはいなかっただろうか。そしてその家の主役は息子夫婦で、晴子さんは、結局のところ居候にすぎないのだ。

そのことを話しに、沙苗さんと栞さんが住む部屋を訪ねた晴子さんは、自由に見える2人を羨ましいと感じる。話を聞いた沙苗さんと栞さんは「3人でここに住むの　どう?」と提案する。悩み、迷う晴子さんは、そのまま、部屋を出て駅に向かう。交通カードの残高不足で駅の改札で止められた瞬間、晴子さんは決断する。そして、その足で2人の待つ部屋へ走るのだ。人生の最後の段階をどんなふうに迎えるのか。なにより、そのときの「家族」の形態はどうあるべきなのか。まことにもって深く考えさせられるマンガではありませんか。

この『マダムたちのルームシェア』には、明らかに先行者がいる。いうまでもなく80年代後半から90年代にかけて大流行したテレビドラマ『やっぱり猫が好き』だ。こちらは、マンションの一室を舞台にした3姉妹の物語。長女がもたいまさこ、次女が室井滋、三女が小林聡美。あとは猫（笑）。とりたてて物語があるわけではなく、一室で3姉妹が、なにかをしている。そこで小さな事件が起こる。笑いがある。その繰り返しが人気になった。女性3人だけいれば、他にはなにも（男性も、親も、子どもも）いらない。それが、このドラマが教えてくれたことだった。しかし、これ、およそ30年前のドラマというから、『やっぱり』の3人（姉妹なんだけど）の30年後を描いたのが『マダムたち』なのかもしれない。

『マダムたちのルームシェア』がわたしたちに教えてくれるのは、老いて後《のち》女性たちには新しい家族の可能性がひらかれているということだ。では、男性はどうなのか。男性の「おひとりさま」は、なんだかあまり未来がなさそうだし（わたしが勝手にそう思っているだけだが）。

ところで、『THE3名様』（石原まこちん　小学館）をご存じだろうか。これもまた大変な名作だ。「ミッキー」「まっつん」「ふとし」、なにもすることがないフリーターの20代半ばの男3人が、ファミレスでただだべっている。それだけのマンガである。10巻もあるのに、ほぼすべて3人が座っている席しか描かれていない。そこから動かないのだから。いかにも、と思った。舞台がファミレスなのは、誰も料理をしないからだ。この連中、絶対、老後に一緒の生活は無理だな。ああ、みんなでファミレスに行けばいいのか。

これは、アレじゃない

「これは、アレだな」、初めての「これは、アレじゃない」物件の登場である。いったい、どういうことなのか。

その物件とは、『**6ヵ国転校生** ナージャの発見』(キリーロバ・ナージャ 集英社インターナショナル)である。タイトル通り、これは、著者のナージャさんが、6カ国を転校生として過ごした記録だ。不肖タカハシも、転校経験がある。小学生のときに3度である。つらかったという記憶しかない。転校初日、教師に連れられて教室に向かう。扉を開けると、クラスの子どもたちの好奇の視線が突き刺さる。おお、思い出すだけでジンマシンが出そう……。国内を数度でこのありさまだというのに、ナージャさんは、なんと小学校1年から中学3年までの間に、**ロシア・日本・イギリス・フランス・アメリカ・カナダ**で教育を受けた。その結果、ナージャさんがわかったのは、「これは、アレじゃない」ということだったのである。

小学校の席のことを覚えておられるだろうか。当然のことだが、一つ一つの席が黒板の方に向いて並び、そこに座る。それがなにか？ 実は、そのスタイルは日本独自だったのである。

ナージャさんは6歳でロシアの小学校に入学する。そこでは「男女がペアでひとつの長めの机に座る。男子が左、女子が右……席替えはあまりなく、極端なことを言えば、10年同じ席、同じペアということも十分あり得る」。

なぜ、そんなことをしているのか。小学生の段階では男女は友だちになりにくい→授業中の雑談が減る→みんな先生の話を聞く、ということらしい。なるほど、おそロシア。

そういうものなのかと思ったナージャさんは、イギリスの小学校に転校してびっくり。そこでは「5〜6人で」一つのテーブルを囲んだまま授業に突入しちゃったのである。そればかりか、みんなおしゃべりに夢中。「え？　しゃべっていいんだ？」と呆然としているナージャさんに、隣の女の子がこういうのである。

「今、この算数の問題をみんなで解いているところなんだけど、答えについて意見が割れてるの。あなた、答えはいくつになった？」

そう、イギリスでは机ごとにグループがあって、みんなで問題を解き、そんな机の間を、先生が回ってゆくのであった。そんな様子を見て、ナージャさんは呻《うめ》く。

「なるほど、ここは個人戦ではないんだ」

と思う間もなく、ナージャさんはフランスの小学校へ。そして、こんな光景に遭遇する。

「みんなの机が円をつくるように並んでいた。授業が始まると、先生は円の中に入」る。そして、「この座り方だと子どもが常にメインになった。先生はみんなに問いを投げると、みんな激しく議論した。まるで小さい国連のように」。さらに、日本の教室では、先生に向かって対面する席で勉強し、そこでは「みんなで多数決をよくする」のは「みんなが選んだ」が重要だということを教わるのである。

先生のお話を同じ向きで静聴するロシアや日本。互いに協力し合い、議論するイギリス、フランス。もしかしたら、かの国の人たちの性格は、小学校のときの「席」によって決まってしまうのではあるまいか。

となると、アメリカはどうなんでしょう。気になりますね。アメリカの小学校に転校したナージャさん。そのとき見た風景はというと……。

個人作業をするときや議論をするときは、円にならんだ席で。国語の授業をするときは、じゅうたんの上のソファでリラックスして（うらやましい……）、算数の授業では大きめのテーブルで。教室の中に様々な席があって、用途によって変わってゆくのだ。さすが、多様性の国である。

日本やロシアの小学校（中学もだが）で、席が先生に向かって真正面に配置されているのは、権威のいうことをおとなしく聞かせるためだろう。たかが席、されど席。席を替えれば、もしかしたら人間そのものが変わるかもしれない。

さて、体育の授業も少し見てみよう。

ロシアの小学校に入学して、最初の体育の時間。いちばん背が高かったナージャさんは列のいちばん前にされた。「えっ？」と思いますよね。ロシアではそうなんです。なぜかというと……。「小学校低学年で背が高いことは、カラダや精神が発達していて、運動神経の良さにつながる」から。そう、「背が高い児童はみんなの見本になれるのだ」。みんなが、その背の高い子を目標にする。モチベーションが上がるというのである。ただ背の高い順に並べるだけで！

そんなロシアで過ごした後、ナージャさんは、日本の小学校に転校。もちろん、今度はいちばん後ろ。えっ、なぜ？　疑問に思うナージャさんに、先生は、こういうのである。

「でも、キミが前に来るとみんなが見えないでしょう？」

そうか。この国では「思いやり」がなにより大切な価値だったのだ、と気づくのである。深いです。列の並び方だけなのに。こうなると、当然、他の国々の体育における列の順番が気になるわけですね。みなさんは、どう予想されるだろうか。回答は以下の通り。

☆アメリカの小学校

……決まった体操服はない。運動しやすい服装になるだけ。列は？　高い順？　低い順？　多様性の国だから、背の高さは無視？　どれも違う。正解は「ここには整列するという概念などなかった」である。

でも、もっとすごいのは、こちら。

☆フランスの小学校

……「そこには整列する概念どころか体操服も体育館もなかった。その時期に習うスポーツに合わせた動きやすい服装に着替えて、そのスポーツに合わせた施設にみんなで行く」だけだったのである。

こうやって、ナージャさんは、6つの国の小中学校での体験について書いてゆく。「これ」だと思ったことが、次の国では「別のこれ」になり、また次の国では「また別のこれ」が現れる。いつまでたっても「アレ」は現れない。

わたしは、この連載でずっと、「これ」と思ったものには、過去のどこかに、あるいは世界のどこかに、それとそっくりの「アレ」がある、と書いてきた。世界には、至るところに似たものがある。それに気づくことこそが豊かさではないのかと。だが、「これは、アレだな」とは異なったやり方もあるのだ。

けれども、とわたしは思うのである。「これは、アレじゃない」もまた、狭い視野からではなく、世界の多様性を、世界の豊かさを知る一つの優れたやり方なのではないだろうか。「これは、アレじゃない」の旅を続けたナージャさんは、最後にこんな結論にたどり着く。転校するたびに変わるのは「ふつう」だ。ある国の「ふつう」は、別の国では「ふつう」ではない。だとするなら、コロコロ変わる「ふつう」を追いかける必要などない。「まわりと違う自分の『ふつう』こそが、『個性』の原料」なのだから。

味噌汁と親鸞

数年前からダイエットを始めた。30年以上コンスタントに63キロ台だった体重がいきなり69キロを超えていたのだ。そのせいで、ジーンズが入らなくなったからである。

様々なダイエットを試し、ついに体重は元の63キロで落ち着いた。めでたしめでたし……では終わらなかった。実はダイエットの一環で料理に目覚めたのである。ダイエットが必要なわたしと、育ち盛りの子どもたちが同じものを食べるわけにはいかない。かくして、わたしはわたし自身のために慣れぬ料理を作るようになった。そして、気づいたのである。料理の奥深さに。ダイエットもそうだが、料理についても、あらゆるタイプの本を読んだ。なにごとも本から、というのがわたしのやり方なのだから仕方ない。その中でも、もっとも感銘を受けたものといえば、料理家・**土井善晴**さんの本だった。

『一汁一菜でよいと至るまで』（新潮新書）は、土井さんが自身の生涯をたどった本。父・土井勝のこと、スイスでの修業のこと、西洋料理と日本料理のちがい、等々、土井善晴がどうやって作られてきたかを書いている。だが、白眉《はくび》は終章（第四部）の「家庭料理とは、無償の愛です」だろう。この章で土井さんは、彼の料理「哲学」を披露しているのだが、そのきっかけとなった出来事について、こう書いている。

あるとき、「大人の食育」について話す機会があった。集まったのは「これから新しい家庭を持つというカップルや小さな子供を抱えた若いお母さん」たち。彼らはなにを求めてやって来たのか。話を聞いて土井さんは驚いた。

「幸せな家庭を持ちたい。自分の子供は自分で作った料理で育てたい。でも、お料理ができない。したことがなくて、どうしていいかわからない。口を揃えてそう言うのです」

料理学校があるではないか。解説本があるではないか。ネットを見れば、料理の作り方などどこでも見つかるではないか。そう考える人がいるかもしれない。そうではないのである。さあ作れ、といわれても、そもそもなにを作ればいいのか。基準や考え方そのものがわからないのである。そこで、土井さんはこういった。

「それなら『味噌汁とご飯でいいのです』と話したのが、**一汁一菜の始まりでした**」

「一汁一菜」とは、本来、一汁（味噌汁）とご飯と香の物（漬物）のこと。それを、土井さんは、ご飯と、後は具だくさんの味噌汁だけと言い換えた。そして、それで充分とした。余裕があるとき、他のおかずを作ればいい。それで「栄養的にも問題ありません。一日三食、毎日一汁一菜だっていいのです」と断言したのである。

いや、それだけではなかった。土井さんが、食事の中心とした味噌汁について、さらに革命的な提言をしたのである。順に書いてみる。

①味噌汁には何を入れてもいい。味噌汁に入れていけないものは何もない。

②具から旨味が出るからだし汁も不要。

これがどれほど衝撃的な提言なのか、料理を作っている人ならわかるはずだ。長くダイエット料理を作ってきたわたしも、毎回メニューを考えるたびに気が重くなった。「これは、アレだな」ではなく「これも、アレも」作らなきゃならない、と思うからである。だが、土井さんの「一汁一菜」の考え方を知ってから、一気に楽になったのだ。

さあご飯を作ろうと思う。冷蔵庫を開ける。中に何があるかを見る。キャベツ、カボチャ、蒲鉾、大根のカケラ、ベーコンの切れ端、等々。それらを片っ端から切って、鍋に入れ、水を入れ沸騰させる。頃合いを見て、味噌を入れる。もちろん目分量だ。それで終わりである。味噌汁を作るのが楽すぎるので、もう一品、二品思わず作ってしまう。冷蔵庫も綺麗になるし、一石二鳥だ。おまけに味噌汁は美味《うま》い。料理は自由だ。

「一人暮らしでも、自分でお料理して食べてください。そうすれば、いつのまにか、自分を大切にすることができるようになっています。

自分で料理して自分で食べる。料理して家族に食べさせる。家族が作ったものを自分が食べる。だれが作ってもいいし、だれが食べてもいいのです。……同時に、料理することこそ、自立につながります。料理をする人は自分で幸せになれる人です。自立しないと、人の言うことを聞くばかりになります。……そうして自分を守るものとして、一汁一菜は、老若男女のだれでも救うのです」

かくして、土井さんは、こう言うに至る。

「一汁一菜は念仏だと思い付きました。念仏が悪人も善人も全ての人を救うように、一汁一菜も全ての人を救うからです」

「悪人も善人も全ての人を救う」念仏といえば親鸞の浄土真宗だ。その親鸞の、あまりにも有名な『歎異抄《たんにしょう》』を伊藤比呂美の現代語訳で読んでみよう。

「経典や註釈を読んで勉強しない連中は、浄土に生まれるかどうかわからないという説について。

これは、いいたりておりません。

おまかせすることこそ真実だと書いてある経典には、どれにも、アミダさまのお誓いを信じて念仏をとなえれば仏になると書いてあります。このほかにどんな学問が、浄土に生まれ変わるために必要だというのでしょうか。（中略）字も読めず、経典も註釈も読みようがないという人のために、となえやすかろうというみ名『南無阿弥陀仏』がある。それをとなえるのは、浄土に生まれ変わるための、やさしい方法です」（『伊藤比呂美の歎異抄』河出文庫）

親鸞はおよそ800年前の人である。親鸞は、師の法然と共に「専修念仏《せんじゅ》」という考え方を作り出した。人は救済されるために、ただ「念仏」するだけ（＝「南無阿弥陀仏」と唱えるだけ）でいいとしたのである。

それまでの仏教は、どれも、たくさんの経典を読んだり、哲学的思索にふけったり、超人的な修行をすることで「悟り」に至るとした。だが、親鸞たちはそう考えなかった。なぜなら、一般庶民は字を読むことも書くこともできず、それ故に、最初から「悟り」に遠い存在だったからである。エリートだけが救われる宗教なんかぶっ飛ばせ！「南無阿弥陀仏」なら誰だって唱えることができるのだ。それで充分なのだ。

「一汁一菜は念仏である」の意味が、これでわかるだろう。高級料理や複雑なレシピ、それは、仏教の経典や超人的な修行と同じだ。一日一日を心豊かに暮らしたい、家族の健康を守りたい、それがすべての庶民にとって「一汁一菜」は「念仏」と同じなのである。

ありがとう親鸞、これから味噌汁作るね。

老人と海とBLと

実は、今回は「アレ」が先である。あるものを読んで「これは、アレだな」と思ったのだが、まず思い出した「アレ」の方をじっくり眺めてみたい。その「アレ」とは、**ヘミングウェイの超名作、『老人と海』**だ。

『老人と海』がどれくらい名作かというと、ヘミングウェイはノーベル文学賞を受賞したのだが、通常、それまでの文学的業績を讃《たた》えてもらう賞を、ヘミングウェイは主にこの作品の成果によってもらっていることでもわかるだろう。一時「終わった」といわれたヘミングウェイの復活の一作でもある。およそ半世紀ぶりに読み返してみたが、ほんとにすごい。

ただ今回は、「これ」を先に読んでいたので、以前読んだときとはちがった感想になった。その『老人と海』、読んだことがない人だって内容は知っているはず。さすが名作である。

主人公はキューバ人の老漁師だ。よる年波には勝てず、だんだん魚もとれなくなり貧乏になってゆく。小さい頃から手伝ってくれていた、そしてその老人を尊敬している少年がいるけれど、さすがにあまりの不漁に、親の言う通り少年は老人の小さな船から降りてしまう。なにしろ、84日間1匹も釣れないのだから。

そして、一人で出航した老人の前に見たこともないほど巨大なカジキが現れ、孤独な老人と巨大魚との壮絶な死闘が始まる。ボロボロになりながら大魚を仕留める老人。だが次の瞬間、せっかくの獲物に、血に飢えたサメたちが次々と襲いかかる。ようやく港にたどり着いた頃には、老人の船が運んできたのは食いちぎられた魚の残骸だけだった……というお話である。

いま読むと、『老人と海』は「**男のための男の小説**」であることがわかる。そもそも、主役の老漁師がほぼ出ずっぱりで、一人芝居のようなものだという点は差し置いても、後の登場人物は、その老人を慕う少年だけ。描かれるのは、「巨大魚との格闘」という、如何にも「男の仕事」だ。老漁師の回想にも、先に亡くなった妻のことはほぼゼロ。でもって、老漁師の（ほぼ唯一の）趣味は（メジャー）野球（についておしゃべりすること）で、少年とも、その野球の話で盛り上がるのである。


「『もどってきたら、野球の情報おしえてね』『まずヤンキースは負けっこない』

『でも、クリーヴランド・インディアンスも曲者《くせもの》だよ』

『ヤンキースを見そこなっちゃいかん。あの名手ディマジオがついてるんだぞ』

『デトロイト・タイガースとクリーヴランド・インディアンスも不気味だし』

『そんな弱気でいたんじゃ、別のリーグのシンシナティ・レッズやびりっけつのシカゴ・ホワイトソックスまで心配だってことになっちまうぞ』」

野球の話題は作品中に繰り返し現れる。いや、巨大魚との孤独な激闘の合間にも出現する。戦後長きにわたって、日本のサラリーマン（のおじさんたち）は、仕事の帰りに一杯やるか、家のテレビでプロ野球観戦してあれこれ文句をいうのが習慣だった。どうやらアメリカも同じだったようだ。もしかしたら、そんな脳天気な男たちの様子を、妻たちはキッチンから冷たい視線で眺めていたのではあるまいか。

『老人と海』は、「男性中心社会」に生きていることに気づかない「マッチョ」な老人の最後を描いた小説だったのである。

さて、わたしが『老人と海』を思い出してしまった「これ」とは、『**メタモルフォーゼの縁側**』（鶴谷香央理　角川書店）である。このマンガ、2022年、宮本信子と芦田愛菜の主演で映画化されたのでご存じの方も多いだろう。なんと、その中身は「老人と海」ではなく「**老女とBL（ボーイズ・ラヴ）**」なのである。

主人公の「市野井雪」は75歳、もうじき夫の三回忌だ。いまは家で書道教室を開いている。そんな「雪」は、久しぶりに本屋を訪ね、漫画コーナーの前に立った。そして、表紙の美しい一冊の漫画を購入する。コメダ優の『君のことだけ見ていたい』という本を。それが美青年たちの愛を描いた、いわゆるBL漫画だとも知らずに……。その本を売ったのは、アルバイトの女子高生「佐山うらら」。いったいどうしてあんなおばあちゃんがBL漫画なんか買うのかしら、とひどく気になる。というのも、実は「うらら」は、ヘビーなBLユーザーだったからだ。やがて、人生最終盤にさしかかった老女と、人生の入り口で迷いつづける女子高生の間に、不思議な友情が芽ばえてゆくのである。

ところで、「雪」は、『君のことだけ』の第3巻を読みながら、こんなことを考える。

「この前の巻が一昨年の…冬？　だいたい一年半に一冊ペース？　ということは…この続きが読めるのは…えぇ〜来年の冬ってこと⁉　だいたい85くらいで死ぬとして…あと6巻分ってことかあ〜　ま　そんなもんか…90までがんばります…何年後かわかってれば楽なんだけど」

いや、「雪」さんの気持ち、わかるなあ。「終わり」が近づくほど自由になっていく、その最後の時間に孫ほどの年齢の（でも孫ではない他人）に会う。「雪」さんにとってBLは初体験だ。けれども、まるで抵抗感はないのである。なぜなら、「雪」さんはずっと、優しくて、美しくて、儚《はかな》いものが大好きだった。それを、夫を代表とする男たちは理解してくれなかった。共感してくれなかった。その年になって初めて、「雪」さんは、自分の奥底に隠れていた感情を理解してくれる他人に出会ったのである。

一方の「うらら」も、受験勉強と自分の趣味の（そして、自分でも描こうとしている）漫画や、周りのみんながしているようなコミュニケーションをうまくできない自分に悩んでいる。けれども、赤の他人で大きく年も離れた「雪」さんとなら心の底から理解しあえるのだ。

「男性中心社会」に生まれた近代文学は、かつて「父と息子の対立」を描いた。鷗外だって漱石だって志賀直哉だって島崎藤村だってみんなそうだった。それこそが書くべきことだった。というのも、男性中心社会では、男は家や自分の父親とぶつかるものだったからだ。そんなとき、直接の利害関係にない、というか「敵の敵は味方」になるのが「祖父と孫」だった。「祖父と孫」は連携して「父」をやっつけようとしたのである。

『老人と海』は、そんな「男性中心社会」に生まれた傑作だった。社会から引退する直前の老人と、これから社会に入る孫との間に生まれる深い友情。「野球」の話に意味などなくても、わかりあえればいいのである。

だが、いまや世界の中心にいるのは、というか、もっと敏感なアンテナを持っているのは、「祖父」ではなく「祖母」になったのだ。『メタモルフォーゼの縁側』は、そのことを象徴する傑作なのである。だいたい、「祖父」はもう死んじゃってるので、家にいないし……。

芸術は金にならない？

画家志望だった父は、上の兄ふたりが戦死して、家業であった鉄工所を継ぐことになったが、実業の世界は合わず、その鉄工所は倒産した。後に、いくつか勤めた会社もクビになったし、酒とギャンブルの依存症でもあった。だから、わたしは父を憎んでいたと思う。鉄工所が倒産した直後、父は、上京して画商になった。自分では描かなくとも、絵の傍《そば》にいたかったのではあるまいか。しかし、商売の才能はなく、1年も続かなかった。

そんな父が、亡くなる数年前から、ベレー帽をかぶるようになった。別に絵を描くわけではなかった。画家といえばベレー帽、安直なイメージかもしれないが、ずっと未練があったのかと思うと、なんともいえない気持ちになる。

映画『赤い風車』（ジョン・ヒューストン監督）は1952年の作品で画家ロートレックの伝記映画。最初に観たのは半世紀以上前だ。映画館ではなくテレビ放映されたときに観たと思う。今回観直して、最初のショッキングなシーンが鮮明に記憶に残っているのがわかった。ロートレックは子どもの頃、両足を骨折し、そのまま足が発達しなかった。だから、上半身はおとな、下半身は子どものままだった。その異様な風体を初めて観客が見るシーンだ。父も子どもの頃、小児麻痺《まひ》にかかり右足が極端に細く、発育不全だった。だから、わたしの知る父の姿は異形の人である。そして太い眉、頑固そうな目つき。そう、『赤い風車』のロートレックを観ていると、どうしても父を思い出してしまうのである。

ロートレックは伯爵の家の出で、家からの送金で、放蕩《ほうとう》生活を続けた。彼がキャバレー・ムーランルージュ（＝赤い風車）に通って踊り子たちの絵を描いたことは有名だが、同時に酒と女にも溺れた。父も学生時代に満州まで芸者たちを何人も連れて遊覧旅行に行くような（実家は裕福だったので）遊び人だった。そういうわけで、『赤い風車』を観ていると複雑な気持ちになるのである。

50年代には、『赤い風車』のような芸術家（画家）映画が何本も作られた。58年には、ジェラール・フィリップが**モディリアーニ**を演じた『**モンパルナスの灯**』（ジャック・ベッケル監督）。そして、56年に『**炎の人ゴッホ**』（ヴィンセント・ミネリ監督）。こちらは、**ゴッホ**がカーク・ダグラスで、**ゴーギャン**がアンソニー・クイン。どの映画も、嬉しいのは、有名な絵がたくさん出てくること。さらに、すごいのは、ほんとうは、風景や人物→絵のはずなのだが、素材になった絵をもとにして、風景や人物の方を再現してくれていること。まさに、動く名画！　よくこんな、地味そのもののモチーフの映画が続々作られたと思う。

モディリアーニは酒や薬物依存の末に35歳で亡くなり、ゴッホも精神を病んで自らに弾丸を撃ちこんだ末に37歳で亡くなった。ロートレックが亡くなったのは36歳。

その頃には、夭折《ようせつ》の芸術家を惜しむ文化がまだあったのかもしれない。みんな、歴史に名前が刻まれるのは、死んだ後のことだった。

ゴッホは舞台の上にも登場している。**三好十郎**の傑作戯曲『**炎の人**』のゴッホは名優・滝沢修の当たり役で、何十年も演じつづけた。これは51年初演。映画より早い！　舞台を観た（元演劇部なので）し、テレビで放映されたときも観た。まことに鬼気せまるゴッホだった。まあ、映画のカーク・ダグラスもすごいけど。

こういう映画を観て育つと、「芸術家はどんなに才能があっても、というか才能があればあるほど、世間は理解できず、売れないものだ」と刷り込まれることになるかもしれない。

この「芸術家」は、「音楽家」でも「小説家」でも「俳優」でも、同じなのかもしれないが、わたしの場合、やはり最初に思い浮かぶのが「画家」なのは、そんな刷り込みのせいなのかも。では、実際は、どうなのか。

これまで描いた絵がすべて売れ「**完売画家**」と呼ばれている**中島健太**さんは、著書『完売画家』の中で、タブーとなりがちな、「芸術家（画家）の経済」について書いている。

「画家はいまや、絶滅危惧種です。日本でプロ画家として生計を立てている人は、30人から50人といわれます」

厳しいなあ。では、その理由はなにか。中島さんは「刷り込み」もあると書いている。

「僕の美大生時代、教授でさえ『絵描きは食えない』と言っていました。聞いている学生は『絵描きは食えない』と思い込みます。絵を売るギャラリスト（画商）も『絵描きで食っていくのは難しい』と若手画家を脅かします。世の中も、『絵描きって食えないんだってね』と言い始めます」

おお、映画なんかなくても、いまも「刷り込み」は健在なのか。

それじゃいかん。「刷り込み」から逃れ、「絵描きは食える」を実践してみせる。それが、中島さんなのである。どんなやり方なのかは、本書を読んでもらうとして、中島さんは、意見がはっきりしているところがおもしろい。

たとえば、今回とりあげたゴッホを中島さんは嫌いだとおっしゃった（ぼくのラジオに出ていただいたのだ）。たぶん、金銭面では弟に頼りきりで、売る努力をしなかったからだろう。

確かに、「炎の人」といっても、ただ周りに迷惑をかけていただけだからなあ。

わたしがいちばんびっくりしたのは、画家をやめる理由について書いているところ。

「日本の場合、画家は売れないと30歳くらいでやめてしまいます。作品は額縁に入れると、5センチくらいの幅になります。それが売れずに25点、30点となると、部屋が作品で埋まってしまい、創作スペースや生活スペースを圧迫してしまうのです……在庫を消化できないと、作品がたまりすぎて、生活も制作もできなくなります。物理的に自分の作品に圧迫されて、やめざるをえなくなるのです」

画家はたいへんだ……。

その「刷り込み」、いまは映画ではなく、マンガからだろうか。『**ハチミツとクローバー**』（羽海野《うみの》チカ）や『**ブルーピリオド**』（山口つばさ）を読んで、若者は美術や美大に憧れる。もちろん、どちらも、ちゃんと経済的には厳しいということも描かれている。

ところで、最近、超話題になった『**ルックバック**』（藤本タツキ）、熱いマンガ友の話で、かの名作『**まんが道**』（藤子不二雄Ⓐ）を思わせるが、このふたり、なんだかちょっと、ゴッホとゴーギャンっぽいんだよね。

育児本3・0

教え子のところに、初めて子どもが生まれる。なので、育児本を贈ろうと思った。しかし、どんな本がいいのかわからない。特に最近のものはまるでわからない。

そこで、いまもっとも「お薦め」の育児本を調べてみたら、どうやら『**カリスマ保育士てぃ先生の 子育てで困ったら、これやってみ!**』(ダイヤモンド社)らしいとわかった。

そして、いま親たちは「子育てに関する知識」をどこから得ているのかを確認するため、ユーチューブを覗いて、「子育て」で検索してみた。わからなかったら、ユーチューブである。

上位に出てきたのは、「【全国のパパママ】子育て相談にひろゆきが全力回答!」、「【子育て】平日のルーティン【アレク&のんちゃん】」、「【育児と教育①】子供の身体と才能を育てるモンテッソーリ教育　中田敦彦のYouTube大学」、「【子育てのイライラ】を減らすことができる、今すぐ始められる簡単な方法　てぃ先生」等であった。ちなみに、執筆時点(2022年4月)の再生回数は、順に、「7・7万回、4カ月前」「2・5万回、1日前」「146万回、1年前」「48万回、1年前」。さらに覗いてゆくと、ひろゆき、てぃ先生が数多く出現していることがわかった。どうやら、現代日本で、「子育て」の専門家といえば、「ひろゆき」と「てぃ先生」と見なされているようだ。「てぃ先生」の本で正解である。「ひろゆき」の育児本もあるようなので、この次読んでみよう。

そういうわけで、てぃ先生の本を読んでみた。てぃ先生は、保育士なので、子どもたちの気持ちがよくわかっている。だから、あらゆる生活のシーンでの「ああ、そうすればいいのか！」というヒントが満載されているのである。たとえば、こんな感じ。

「着替えてくれなくて困る！というときは、服を選んでもらうといい。／**ここで選ぶのは子どもの服ではなく、大人の服**。／たとえば『ママのお洋服どっちがいいかな〜？』と子どもに聞けば、はりきって選ぶ。／そうしたら『**次は〇〇くんのお洋服選ぼうか！**』とつなげる。／ほかで上げたモチベーションを自分に使ってもらう」

とまあ、こんな日々のアドヴァイスがざっと135本、字数を数えるとおよそ140字。ツイッター（現・X）1回分だ。わかりやすく、すぐ使える「子育ての智恵」である。生まれたての赤ん坊のためのものも、なりたてのパパやママへのものもある。至れり尽くせりだ。てぃ先生はきっといい人なのだろう。そう思わせる文章も優しい。しかし、これを教え子にプレゼントするかというと、正直にいって、ややためらいがあるのだ。

わたしは、「子育て」なら、真剣にやったことがある。最初は、20歳の頃。もうまったく、どうすればいいのかわからない。五里霧中だった。だが、当時、育児本には「聖典」といわれるものがあった。『スポック博士の育児書』（暮しの手帖社）と『定本 育児の百科』（松田道雄 岩波文庫）である。ちなみに、1946年にアメリカで刊行された『育児書』は世界中で5000万部以上、46年以降では聖書の次に売れた本だといわれている。

この2冊の「聖典」には、共通点があった。この本を読もうとしたのは、いまでいう「リベラル」な若い夫婦だった。「リベラル」という言葉など使われなかったので、「戦後民主主義的な」といってもいいかもしれない。あるいは、「古い封建的な価値観から自由な」とでも。戦前の家父長制的な家制度ではなく、個人と個人の結びつきこそもっとも重要だとする、新しい家族制度を求めた若者たちは、結婚すると（もしくは子どもができると）、この2冊を読んだのである。

共通点は他にもある。どちらもぶ厚い。わたしの手元にある『育児書』の最新版は、上下2段組みの辞書みたいな本で838頁。『育児の百科』は、文庫本が3冊で、総計1700頁近く（！）。ただし、わたしが読んだのは単行本版で、800頁超えだった。たぶん、この2冊、巨大さも同じ程度だったのである。

さらに、もう一つ。大きな共通点がある。この2冊の「子育て」本は、一見、「子育て」の専門書に見えながら、実は思想書でもあったのだ。

小児科医であったスポック博士は、ベトナム反戦運動のシンボル的存在だったし、同じ小児科医の松田道雄も平和問題への深い関心で知られていた。この2冊の育児書は、子どもを育てることを通して、人がこの社会の中で自立した個人として生きることを目指すものだった。

なので、時に、彼らのことばは、「子育て」を超えた問題を扱ったのである。

「こどもを育てるのに、今までとはちがう、もっと確固たる理想をもつことです。こどもたちの要求を満たしてやるだけでなく、もっとゆるぎない価値観、たとえば、協力、親切、正直、自分とは違うものも受け入れる寛容さ、といったものを大事にする人間に育てることです。

このように育てられたこどもたちは、きっと、他人を助け、人と人との絆を強め、世界に平和をもたらすでしょう」(『育児書』)

こんなふうに、スポック博士が理想の社会の話をすると、松田博士は、子どもを産むことをためらう若い女性にこういうのである。

「自分は人間ができていないから、赤ちゃんをそだてる資格がないと思うのにも賛成できない。人間は完成するものでないし、完成に近づいたにしても、そのころには子どもをそだてられない。だが親になることは、人間を完成に近づける機会であることにまちがいない。子どもの側からすれば、あまり自信のある親は、よい親でない。子どもといっしょに人生を探求し、いっしょにそだってくれる親がいい」（『育児の百科』）

スポック博士も松田博士も、現在の観点からは批判されるべきことも書いている。しかし、そちらの方よりも、いまでも通用する、というか、いまでも進んでいると思える考えの方がずっと多いのである。そして、いま読み返すと、このふたりは、優しい父親として、自分の子どもの年齢の親たちに話しかけるように書いていることがわかるのだ。ここでは、作者と読者もまた、育て、育てられる関係だったのである。

この2冊を「育児本」の原点とするなら、80年代の半ばに、詩人の**伊藤比呂美**さんが、妊娠・出産の「当事者」として、「胎児はウンコだ」と喝破して話題になった『**良いおっぱい悪いおっぱい［完全版］**』（中公文庫）こそ「育児本」2・0の始まりだったかもしれない。それから陸続と、女性たちのエッセイ育児本が出現した。**石坂啓**の『**赤ちゃんが来た**』（朝日文庫）に**まついなつき**の『**笑う出産**』（情報センター出版局）。うーん、懐かしいなあ。

それは、産む側から見た「育児本」だった。そして、いまや、「育児本」は3・0へと進化し、てぃ先生たちの時代となったのだ。でもなあ……。

うつ病になって小説が

マンガ家の**相原コージ**のファンだったので（『コージ苑』に『かってにシロクマ』、そして、竹熊健太郎との歴史的デュオによる傑作『サルでも描けるまんが教室』）、彼の『**うつ病になってマンガが描けなくなりました**』（双葉社）という本を読んで、衝撃を受けた。

もちろん、わたしは精神科の医師でもなく専門家でもないので、いわゆる精神疾患についいて詳しいわけではない。ちょっと本を読んで知っている程度だ。ただ、はっきりと「うつ病」と診断された知り合いが複数いたので、その病態については若干知識がある。具合が悪いとまったく動けない。しかも眠れない。死にたいと口走る。というか実行に移しそうになる。周りの人間もたいへんだ。いや、いちばん大変なのはもちろん当人なのだが。

その日、相原さんは家の階段を踏みはずし右足を骨折。さらに続いてギックリ腰。最後の止《とど》めがコロナ禍。半年近い「家籠り生活」がつづいていた。そして、眠れない日々がつづき、医者に通い、薬を飲むけれどどんどん底のまま。食欲が落ちた。体重もどんどん減ってゆく。ネットを見ても、エッチな動画を観てもなにも感じない。それどころか、マンガ家の命である

「ネーム」が描けなくなったのである。やがて、

「気づくと自殺のことばかり考えるようになっていた」

そして、相原さんの状態は坂道を転がるように悪化してゆく。

散歩に出て「ジョギングしてるオッサンとか 咳をしてる自転車に乗ったオバチャンとすれ違った」だけで、コロナに感染してしまったのではないかと不安になる。そのコロナを誰か大切な人にうつしてしまうのでは？ そして、その人を死なせてしまうのでは？ そんなことはできない。だから、死のう！

　もはや後戻りのできない思考回路に入ってしまった相原さんは、仕事場のドアノブに紐《ひも》を結びつけ失敗したり、家がダメならと外出して橋の欄干を目指し、それも不可能でついには風呂で溺死を試みる。自殺にも失敗した相原さんの状況はさらに悪化してゆく……。

『うつ病になってマンガが描けなくなりました』は、相原さんが精神科病院の閉鎖病棟に入院するところで終わっている。サブタイトルに「発病編」とあるので、次巻は「入院編」となるのだろうか。

「うつ病」は脳の疾患とされていて、誰でも、なにかのきっかけで発症するかもしれない。そして、相原さんが陥った、傍《はた》から見れば奇妙な思考回路も、よくよく考えてみれば、それほど不思議でも異常でもないのではあるまいか。

　ウィキペディアの「うつ病を患った人物の一覧」のリストには、同じマンガ家の吾妻ひで

おも掲載されている。吾妻ひでおといえば、超名作『失踪日記』（イースト・プレス）だ。

1989年、「仕事したくない病と二日酔いのせいで」、吾妻さんは失踪、いったん帰宅したが、その後マンガ家として休養に入る。だが、それはただの休養ではなかった。「鬱と不安と妄想が襲い」かかり、「死にたく」なり、「どっか人のいない山の中で死のう」と、「最後の酒を飲んだ」後、「山の斜面を利用した首吊り」を敢行するに至るのである。そこまでの行動は、相原コージさんと同じだ。もっともそこから先は、相原さんのような典型的な「うつ病」患者のそれとは異なって（たぶん、ですが）、吾妻さんは、ホームレス生活に突入する。拾った毛布を活用して森の中で睡眠をとり、ゴミ袋をあさり、畑のキャベツを収集し、シケモクを吸い、ワインや酒の空きビンの底に残ったアルコールを飲み、拾ったスポーツ新聞を読む。すさまじいサバイバル生活である。捜索願が出ていて警察に発見された吾妻さんは、いったん家に戻った。しかし、その後も何度も失踪を繰り返し、ときには配管工までやったりしたが、最終的に「アルコール中毒患者」（「依存症」の患者）として入院するに至ったのである。

そして、いうまでもなく、マンガ界の「うつ病の帝王」といえば**つげ義春**だ。**『つげ義春日記』**（講談社文芸文庫）は、マンガではなく（絵が一枚も入らない）日記だが、そこでは、なにより本人の「うつ」の状況が克明に書かれている（つげ義春には『貧困旅行記』というタイトルの「蒸発旅日記」がある。いろいろな意味で吾妻ひでおの先輩なのだ）。

「多摩川の土手へ行ってみた。走りながら自殺する場所を物色していた。この苦しさから逃れるには死しかないと、切迫した気持ちになっていた。川原に松の大木が一本聳えている。それは首を吊るのに恰好の枝ぶりだ」

「終日机に向いぼんやり過す。何をする気も起きない。文章でも書こうと思うが、文を書いてそれがどうなるものでもない……（略）……子供の相手もしたくない。外出もしたくない。すべてが虚しく、将来も虚しく思える」


そんな状態に陥りながら、医者との会話をつづけ、自らの病気に向かい合ったつげさんは「自分は不安神経症にウツ病が混っているように思える」と冷静に判断している。確かに、精神疾患の例を見る限り、つげさんには不安神経症とうつ病の2つの症状が見られるようだ。そして、さらに進んで、次のように書くのである。

「今度神経症となったのは、風邪で寝ているときいろいろな現実的な心配ごとを考え過ぎ、それが発端であったが、根源はこの漠とした（存在の不安）が原因だったのではないだろうか」

存在すること、生きていることそのものが、不安の原因である。誰のために、何のために、生きているのか。ひとりで生きることができるのか。生きることの意味とは何か。それを考えて不安に陥るなら、もしかしたら、その「不安」や「うつ」は正常であることの証明なのかもしれないのである。

相原コージ、吾妻ひでお、つげ義春。精神疾患に悩むのは、かつては作家ばかりだったような気がするが、いまやマンガ家の独壇場だ。もしかして、それは彼らが時代の最先端を走っていたからなのか。とすると、次に心配なのは、あの業界の人たちなのかも。

「妻はやっと顔を擡《もた》げ、無理に微笑して話しつづけた。
『どうもした訣ではないのですけれどもね、唯何だかお父さんが死んでしまいそうな気がしたものですから。……』

それは僕の一生の中でも最も恐しい経験だった。――僕はもうこの先を書きつづける力を持っていない。こう云う気もちの中に生きているのは何とも言われない苦痛である。誰か僕の眠っているうちにそっと絞め殺してくれるものはないか？」

有名な、芥川龍之介の死後に発表された『歯車』の終わりの文だ。いや、わたしは大丈夫。

あしたから、ひとりで

2023年1月の末、無名の出版社から出版された、洒落《しゃれ》た小さなノートのような装丁の一冊の本が、アマゾンのランキングを駆け上がった。一時はベスト10に入り、同時期にランキング争いをしていた芥川賞・直木賞の受賞作4つよりも上位にあった。『じゃむパンの日』（赤染晶子《あかぞめあきこ》　palmbooks）である。

赤染晶子さんは、2004年に作家デビュー、10年に『乙女の密告』で芥川賞を受賞したが、17年に病死した。まだ42歳だった。生前に出版された単行本は僅か3冊の小説集、それがすべてだ。そして、どの本も現在では手に入れることが難しい。どれほど煌《きら》めく才能であっても、新作が出なければ、やがては忘れられてしまうのである。

22年の終わり近く、突然、赤染晶子さんの「新刊」が姿を現した。わたしは口コミでそれを知り、ネットで注文して、すぐに読んだ。それが、『じゃむパンの日』だった。そして、深く感動したのだ。というか、ほんとうにおもしろかった。こんなものを読みたかった。そう思ったのだ。『じゃむパンの日』は、生前、赤染さんが書き残したエッセイを集めたものだ。赤染さんの小説には、独特のユーモアを秘めた味わいがあったが、もしかしたらエッセイの方にこそ赤染さんらしさが濃厚に出ていたのかもしれない。読みながら、そんなことを考えた。「昭和の家」というタイトルの、僅か2頁の短いエッセイはこんなふうに始まる。

「戦前、祖父の家は海軍の宿舎だった。六畳の間が二つあるだけの小さな平屋だった。出征前、祖父はこの家で祖母にプロポーズした。祖母は小さく頷いた。二人はとても若かった。戦後、宿舎は大蔵省から払い下げになった。一万二千六百五十九円だった。小さな家は祖父の家になった。祖父は家をもっと立派にしようと思った。祖父は木材を買ってきた。くわえ煙草でとんかちとんかち、いつも何かを作っていた」

こうやって、赤染さんの「祖父」は、家を改装、改造しながら時代を生きた。

「祖父は年老いた。認知症になった。家族の顔さえわからないことがあった。ある日、大津から戦友が来た。数日前から、祖父は紙に『戦友来る』と書いて、その紙を大事にしていた。皆、年をとった。戦友はもう四人だけになった」

カメラを持ってきた戦友と一緒に祖父も写真を撮った。何枚も撮った。そしてまた会おうと約束した。この文章は最後にこうなる。

「『おじいさんは電話に出られますか』

別の日、戦友から電話がかかってきた時、祖父はもういなかった。祖父の葬式の翌日だった。もうすぐ昭和の日。今では祖父の家は町内で一番古い家になった」

『じゃむパンの日』には、赤染さんが育った京都、住んだ北海道、出会った人びとや家族のことが書かれている。どの人も、どの土地も、初めてなのに、なんだか懐かしい気がする。そんな人たちや場所や過去が、自分にもあったような気がする。そして、そういう人や場所や時間が周りから消えてしまったようで寂しい気持ちになる。そういう本だ。誰か大切な人からの心のこもったプレゼントのような本だ。というか、本にはそういう性質もあるのだ。そんな突然のプレゼントみたいな本が少なくなった。だから、余計嬉しかったのだ。

実は、この本には別の驚きもあった。読み終えるのが惜しいと思いながら、いちばん最後の頁をめくると、発行者のところに知っている名前があった。わたしは半年ほど前のことを思い出した。ある大手の出版社の若い女性編集者が、その出版社が主催している文学賞の選考会の場で、わたしに「退社して、個人の出版社を始めます」と挨拶《あいさつ》してくれたのだ。「たいへんだろうけど、頑張って」とわたしはいった。「頑張ります」と彼女はいった。それが、この本だった。ひとりで始めた出版社の最初の本だったのである。palmbooks。覚えておこう。きっと、これからもいい本を出してくれるだろう。

同じような「ひとりで始めた」出版社を最近見かけるようになった。出版業界は厳しい。町のふつうの書店は姿を消し、大手のチェーン店ばかりになってゆく。出版社も厳しい状況の下で、いわゆる良心的な出版社が経済的苦境に追いこまれている。だから、すぐに売れる本、売れそうな本ばかりが目につくようになる。そんな中で、あえて荒海に乗り出すように「ひとり出版社」を作ろうとする人たちがいる。

『あしたから出版社』（晶文社）の著者・**島田潤一郎**さんもそんなひとりだ。

島田さんは大学生の頃に「文学」と出合った。そして作家になりたいと思った。27歳まで「作家志望で、アルバイトばかりをやっていた」。けれどもうまくいかなかった。そして「二七歳から正社員と契約社員の仕事をいくつかやったが、どれも長続きせずに、自己都合でやめた」。そんな島田さんに転機が訪れた。31歳だった。誰よりも深く付き合った、誰よりもお互いに理解し合えた従兄の「ケン」が突然亡くなったのである。どうすればいいのか。いや、どうやって生きていけばいいのか。島田さんにはなにもなかった。あるとすれば、少しの「文学」への愛情だけだった。だから、こう思った。

「ぼくは叔父と叔母のためになにかをしよう。亡くなったケンの代わりというのではないが、自分の人生に一度見切りをつけて、ふたりのために、生き直す気持ちで、全力でなにかをやってみよう。それは、ひとつの転機だった」

「自分のためだけに生きてきた」島田さんが、誰かのために生きようと思ったとき、脳裏に浮かんだのが、出版社だった。そして、夏葉社《なつはしゃ》という出版社を作った。そこから、島田さんがどんな本を作ろうと企画し、苦しみ、慣れない出版の世界で翻弄《ほんろう》されたのかは『あしたから出版社』に詳しく書かれている。これを読めば、一冊の本を作るために、その陰で、どれほど多くの人たちの献身があるかわかるだろう。

わたしの本棚には、夏葉社の本がたくさんある。記念すべき最初の本『レンブラントの帽子』（バーナード・マラマッド著　小島信夫他訳）、『昔日の客』（関口良雄）、『ラヴ・レター』（小島信夫）、『東京の編集者　山高登さんに話を聞く』、『90年代のこと僕の修業時代』（堀部篤史）、『ガケ書房の頃』（山下賢二）、『星を撒いた街　上林暁傑作小説集』等々。中身は当然だが、どの本も、装丁が美しい、というより一冊一冊が大切に育てられた子どものようだ。だから、読者であるわたしも、その本を手にとると身が引き締まる思いがするのである。

もっと本を読もう。そう思う。できるなら、「ひとり出版社」の本の多くがそうであるような、「身も心も」美しい本を。

＼これは、誰かな／

第10回ハヤカワSFコンテストで大賞を受賞した、小川楽喜《おがわらくよし》さんの『標本作家』（早川書房）を読んだ。このコンテスト、選考委員全員一致でなければ大賞を与えないらしく、10回目なのに確か大賞は6つ目。狭き門なのである。

とにかく読んでびっくり。本（小説）好きによる本（小説）好きのための本（小説）に関する本（小説）だった。1冊読んだだけなのに、10冊読んだみたいな濃密な感じ。いやもう満腹。いったいどうして、と思われるかもしれないので、ちょっと中身を紹介しておこう。

この作品はこんなふうにはじまっている。

「人類がこの地上に生まれ落ちてから滅び去るまでのあいだに、いったい、どれだけの物語が作りだされ、認知されることもなく消えていったのでしょう。それを正確に数えることはできないけれど、私はその最期を看取る役を任されました」

ほら、なんだかワクワクするでしょう。

時代は、8028世紀。人類はとっくに滅亡して「玲伎種《れいきしゅ》」と呼ばれる知性体が世界を支配している。その「玲伎種」、少々奇妙な趣味の持ち主だった。どうやら滅んでしまった人類の文化に興味があったらしく、それまでに生まれた天才作家たちを再生させ、不死の身体にしたあげく、新作小説（！）を書かせていたのである。どんだけ、小説が好きやねん……。

さて、そんな作家たちを収容していたのが「終古《しゅうこ》の人藍《じんらん》」と呼ばれる施設（館）だった。実はそれまで世界中にその施設はあったのだが、諸般の事情で（文学に興味がなくなったから？　だったらいまと同じですね）、次々閉鎖され、残っているのは、この小説の舞台となっている、昔イギリスといわれたあたりの、この「終古の人藍」以外には、日本にもう一つあるだけだったのだ。最後まで文学が生き残るのは、日本と英国らしい。

さて、冒頭に出てくる「私」は、何をする人なんでしょうか。「私」は、再生された作家（それを「標本作家」と呼んでいるわけ）たちの書いた原稿を収集して回る「巡稿者」という役割だったのだ。なんと、人類が滅びた後、作家と担当編集者だけが生き残っていたのだ。

ここから、この小説の読みどころがはじまる。再生された標本作家たちの中でも、選《え》りすぐりのエリートがいた。それが「文人十傑《ぶんじんじっけつ》」と呼ばれるメンバーだった。「私」は彼らに小説を書かせようとする。しかし、一つ大きな問題があった。どうやら「玲伎種」さんたちにとって、ふつうに人間が書くような小説は我慢ならなかったらしく、書くのは代表ひとりに任せて、それ以外の作家たちは精神や感性をそのひとりに同調させることによって作品に参加できるようになったのである。要するに、究極の「共著」ってわけだ。それを「異才混《こん》淆《こう》」と呼んでいたのである。いや、そのシステム、いまほしいぞ。締め切りが迫ったときなんかに。

だが、「私」は、そんなやり方に疑問を感じる。再生された僅かな人間たち。その中に、作家でないのは「私」だけ。そんな「私」は、心の底からこう願う。「標本作家」たちには、もう一度作家らしい作品を書いてほしい。永遠に生きるのではなく、生命に限りのある人間らしい作品を。それも「共著」なんて形ではなく、みんなひとりずつ「単著」で。滅びてしまった人類に捧《ささ》げる、レクイエムのような最後の作品を。さて、「私」のこの痛切な願いは、どうなるのか。どんな作品を「標本作家」たちは書くことになるのか。どうです、おもしろそうでしょう？　でも、それだけなら、わざわざこのコーナーで取り上げたりはしない。なのに、こうやって書いているのには理由がある。

さきほど「文人十傑」と書いた。再生された過去の偉大な作家たちのことだ。この10人、実は、実名なのはチャールズ・ディケンズだけ。残りの9人（正確にいうと、後半でディケンズと交代してもう1人入る）は実在の作家の名前ではない。けれども、読んでいると「これは、あの作家？」とわかる仕掛けになっている。いや、そうならない作家もいて、その場合には、「あの人とあの人のミックス？」なんて考えるのも楽しい。そう、それから、彼らが書いた作品も出てきて、「えっ、この作品は、アレ？」の連続で、そこも楽しいです。

というわけで、ちょっと紹介してみよう。

セルモス・ワイルド……19世紀イギリスの耽美《たんび》的な流行作家。男色でスキャンダルって、よく見たら、名前そのまま使ってるし……。

ラダガスト・サフィールド……20世紀のファンタジー作家。人類史でもっとも偉大な幻想文学をたちあげた。なにしろ、その作品のためのことばまで作ったのだ。これはトー……かな。

ソフィー・ウルストン……18世紀のゴシック小説家。人類史でもっとも愛された魔人たちを生み出した作家。代表作が『現代のプロメテウス』。というと、メア……でしょうねえ。

ウィラル・スティーブン……20世紀のSF作家。20億年の文明の歴史を書いた。代表作が『第十八期人類へと至る道』。うむ。こういうSFは多いんだが、名前の感じでいうと、オラ……だと思うんだが。

こういうわけで、「過去」の作家に関してはヒントが多いのだが、未来の作家にも、実在する作家の影がほの見えておもしろい。

バーバラ・バートン……21世紀の恋愛小説家。人類史でもっとも商業的な成功をおさめた。うーん、かの人やあの人の要素もある？

ロバート・ノーマン……22世紀のミステリー作家。特にインターネット上のミステリーゲームで名を馳《は》せた。この人は、再生された上にとんでもないものに転生する。うむ、もしかして、あの人……？

エド・ブラックウッド……24世紀のホラー作家。「なぜ私は私であるのか」という謎に惹《ひ》かれる。ということは……？

マーティン・バンダースナッチ……28世紀の児童文学作家。「反出生主義《はんしゅっせい》」者で、ほんとに子どもが好き……って、もしかしたら？

とまあ、作者が考えてもいないことを勝手に想像するのも読者の権利なので、そこのところはみなさん、自由に楽しんでください。


さて、残りのふたりは、明らかにモデルがいる。いや、いるどころか、どうやら作者はこのふたりのことがいちばん書きたかったように思える。きっとファンだったんだろう。

ひとりは、31世紀以降に活躍していたらしい女性作家で「人類最後の文学者」。

もうひとりは、20世紀の日本の作家。どちらも名前は書きません。小説のファンなら、たぶんすぐにわかるはず。

このふたりが交わすこんな会話のシーンが最後のあたりにある。

「『……だが、もう、遅いな。黄昏《たそがれ》だ』
『いいえ、朝よ。――……』」

えっ、これは、アレ？　もちろん！

ほんとうの名前、仮の名前

藤代三郎《ふじしろさぶろう》さんが亡くなってから……と書き始めて、はてこの書き方でいいのだろうかと思った。本名は目黒考二、他にペンネームが藤代三郎、北上次郎……だけではなく、さらにあるのだが代表的なのはこの2つである。

わたしはどうしても「藤代三郎」と書きたくなる。これは、競馬エッセイを書くときのペンネームだからだ。ちなみに「北上次郎」はミステリー（等）文芸評論家としてのペンネーム。「目黒考二」は本名だが、自分自身を描く私小説の主人公の趣もあって、ややこしい。

おそらく本人も、違った名前のときは違った気分と違った「主体」で書かれていたのだろう。

『息子たちよ』（北上次郎　早川書房）は2020年刊行なので最晩年の本になる。あとがきで著者は「編著と共著を除くと、北上次郎十九冊、藤代三郎二十七冊、目黒考二十三冊と、単行本を上梓してきたので、本書が六十冊目」と書いた。その後、北上次郎として1冊、藤代三郎として3冊を刊行している。バランスがとれているというべきだろうか。

ところで『息子たちよ』は、なんとも胸に滲《し》みる本だ。北上次郎名義の本なので、書評が中心、のはずなのだが、一篇の冒頭と最後に息子たちへの言及が必ずある。たとえば「お前も淋しくないか」という章はこんなふうに始まる。

「正月休みに押し入れの中を整理していたら、古い写真がどっと出てきた。長男が生まれたころの写真はきちんとアルバムに貼ってあるが、次男が生まれてからはあらゆることに忙しかったのだろう、写真は撮ってもアルバムに貼らないままだったのだ。そういう写真が大量に出てきた」

その中に「カミさんが愛犬を抱いている写真があった」とつづき、「我が家の愛犬ジャックはまだ子犬」の頃の「十七年前の写真」で、その「ジャックは長男が友達の家から貰ってきた犬だ」とさらにつづいてゆく。

そこでいったん著者は村山由佳の小説の紹介にうつり、作品中の飼い猫に触れ、最後にまた、老犬となったジャックの現在、大きくなった2人の息子の話へと繋がって終わるのである。どうして、そんな書き方をしたのだろう。あとがきで著者は「六十冊目の著書となる」と書いた後、こう書いている。

「そのうち一冊も息子たちに渡したことがない。なんだか恥ずかしいのだ。ところが本書は、最初から彼らに渡そうと考えている。正月になると長男と次男が実家にやってくるので、その席で渡すつもりである。読んでくれなくてもいい。彼らの書棚に置いてくれれば、いつの日か、私が死んでずいぶんたってから、ふと手に取るかもしれない。それで十分だ」

著者は肺ガンで亡くなった。最後には、死期を悟った上で、この本を子どもたちへの贈り物として完成されたのだろう。

冒頭、著者は「二十年間、家に帰らなかった」と書き始めた。月刊雑誌（『本の雑誌』だ）を作り、忙しかった著者は、月曜の昼に出社してずっと会社にいた。その間に書評家（北上次郎）としての仕事をこなし、空いているはずの土日は競馬場に直行した（藤代三郎の仕事である）。なので、「日曜の夕方に帰宅するといっても、十二時には就寝するわけだから、七時から十二時までその間五時間にすぎない。翌日の月曜に起きたときには息子たちはもう学校に出かけているので会うこともない。つまり私は毎週、『五時間の父親』であった」のだ。

しかし、「昭和の父親」はおおむね、著者と同じ「五時間の父親」ではなかったろうか。わたしも子どもの頃、父親の記憶はあまりない。せいぜい休みの日に、家で部下を呼んで麻《マー》雀《ジャン》している姿くらいだ。父親とみっちり話をした経験もほとんどない。父親はわたしには興味がないのだろうと思っていた。だが、そうではないのではないかと考えるようになったのは、自分が息子たちを育てるようになってからだ。

北上さんは「五時間の父親」であったが、『息子たちよ』は、そんな父親がどれほどよく子どもたちに視線を投げかけていたかを綴っている。「五時間」しか子どもたちといなかったが、それ故、彼らとの時間は貴重なものになったのだ。『息子たちよ』は子どもたちが生まれたばかりの頃から、彼らの結婚のあたりまでのことが書かれている。書評集の体裁をとった「(子どもたちを中心にした)家族の物語」なのである。著者は「北上次郎」となっているが、この本は「目黒考二」との共著と考えるべきだろう。

本名とは別にペンネームを持っている作家はたくさんいる。本名=私的な自分、ペンネーム=作家としての自分、である。けれども、ペンネームでエッセイを書き、そこで自分の生活について書く人もいるのでちょっとややこしい。わたしの場合は、ペンネームではなく本名ですべて書いているのでわかりやすい。

問題は、目黒=北上=藤代さんのように、本名の他にペンネームを持って、それらのすべての名前で執筆している人だ。この場合、目黒=私人としての自分(?)、北上=書評家としての自分、藤代=競馬ファン(ギャンブラー)としての自分と役割を分担していることになる。

目黒=北上=藤代タイプの先駆者といえば、**色川武大=阿佐田哲也=井上志摩夫**だろうか。それぞれの分担は、色川武大で純文学、阿佐田哲也で麻雀小説、井上志摩夫で時代小説となる。もっとも井上は、色川、阿佐田ほど有名ではない。もっと無名な頃のペンネームとなる。では、色川武大＝本人かというと、そこは微妙。本名は色川武大《たけひろ》なのだが、単行本によって、著者名を色川武大《ぶだい》と呼ばせているものもあるそうだ（著者の指示だそうです）。ということは、本人は、ふたりの色川武大という自覚があったのかもしれない。

では、いったいなぜ目黒さんや色川さんは、そんな面倒くさいことをしていたのだろうか。

ここからは推測なのだが、まずギャンブラーとしての自分を、生活する自分から切り離す必要があったからではあるまいか。「藤代三郎」名義の「外れ馬券」シリーズ（全27巻）は、もともと競馬雑誌『ギャロップ』での連載コラムを本にしたものだ。毎週1度のこの連載を藤代さんは30年間、1504回（！）一度も休まず続けた。内容はぜんぶ一緒。馬券を買う。レースを見る。「差せ！　差せ！　差せ！」と絶叫する。外れる。絶望する。ただもうその単調な繰り返しなのである。マジメな人は「人間として終わっている」と思うかもしれない。でも、彼は自分のそんな部分を愛した。阿佐田哲也の麻雀小説も同じだ。ギャンブラーの夢は、実は自滅することなのかもしれないからだ。だから、実生活とは切り離し、別の名前で本にする必要があったのだ。ちなみに、わたしの場合、競馬エッセイに登場するのは高橋源一郎ではなく「タカハシさん」です。

ジャズは自由だ

『BLUE GIANT』を観た。

『BLUE GIANT』は、石塚真一のマンガが原作のアニメ映画。主人公である（原作開始時は）仙台の高校生・宮本大《だい》がジャズプレーヤーとして成長してゆく物語だ。『ビッグコミック』の連載ももちろんずっと読んでいる。執筆時点で日本篇が全10巻、ヨーロッパ篇が全11巻、アメリカ篇は連載中で8巻に達している。いままで通りなら、あと2、3巻でアメリカ篇は終わりそうだが、どうなるのだろう（2024年2月・9巻で完結）。ジャズ発祥の地だから、さらに続いて大団円を迎えるのか。ファンとしては楽しみだ。

この『BLUE GIANT』（の、まず原作マンガ）、なにがおもしろいのか、といわれると、ジャズファンとしてはやはり「リアル！」ということになるだろう。ジャズに、というかサックスに魅せられた宮本大は、ジャズの階段を一歩ずつ上ってゆく。その一段ぶんずつのステップに描きこまれた細部と熱量がすごい。特に「音が聞こえてくるマンガ」と称されるライブシーン。音が聞こえないはずのマンガなのに、紙の頁から音が聞こえてくる（ような気がする）のである。そのせいだろうか、ジャズレーベルの老舗「ブルーノート」からコラボ・コンピアルバムが出たり、日本で一番有名なライヴハウス「ブルーノート東京」でライヴイベントをやったりした。そしてついに、「音が聞こえる」アニメ映画として登場することになったのである。ワクワクするではありませんか。さて、その内容や如何に。

アニメ映画版の最大の特徴は、音楽をジャズピアニストの上原ひろみが担当していることだろう。正直にいって、その話を聞いたときには驚いた。ジャズファンとしては「マジで⁉」ですよね。でも、よく考えたら、これ以上ぴったりの人物はいない。

上原さんは、いま日本でいちばん有名なジャズミュージシャンということになるかもしれない。（２０２１年の）東京オリンピックの開会式にも出てましたよね。

映画版のクライマックスは、宮本大が結成した若いトリオ「ＪＡＳＳ」のメンバー、他にピアニストの沢辺雪祈《ゆきのり》とドラマーの玉田俊二が「ジャズの聖地」、「Ｓｏ　Ｂｌｕｅ」でライヴをするところ。「Ｓｏ　Ｂｌｕｅ」のモデルはもちろん「ブルーノート東京」。上原さんは、そこの常連で、コロナ禍の最中《さなか》には住んでいた（！）とライヴ中におっしゃるほど縁が深いのである。わたしも何度か「ブルーノート東京」で上原さんのライヴを聴いた。ほんとうにすごいです、彼女のピアノ。

ところで、ジャズ映画は数多いが、ほとんどの場合、音楽は既製の名曲を使う。ところが、このアニメ映画は逆に、ほぼすべて上原さんのオリジナルなのである。中でも、沢辺が作曲したことになっている（当然、マンガの中では音が聞こえない）いくつかの曲がすべて実在の曲として演奏されるのは、驚くべき体験だった。これからは、マンガを読んでも、アニメの「あの曲」のイメージで聴くことになるんだろうと思う。もちろん、アニメの中での沢辺の演奏も上原さんが担当。宮本大の音を出した馬場智章さんも、玉田の音を出した石若駿さんも、ほんとにいい音だった。なので、いまもスポティファイで『ＢＬＵＥ　ＧＩＡＮＴ』のサントラを聴きながら、この原稿を書いてます。

ところで、結末であり映画のクライマックスが「Ｓｏ　Ｂｌｕｅ」でのライヴ演奏ということは書いた。この部分がマンガ版と異なっているのである（詳しくは書けません！）。まず、マンガ版よりずっと長い。そして、驚愕《きょうがく》の終わり方。そう来るのか！　でも、音楽的には、その方がいいんだよなあ。わたしはそう思うのだが、よければ映画館で確かめてください。

『ＢＬＵＥ　ＧＩＡＮＴ』はもちろんジャズ映画。ジャズ映画は数限りなくある。『５つの銅貨』や『グレン・ミラー物語』はジャズファンではなくても観るべきものだった。日本映画だと『ジャズ大名』『上海バンスキング』に『スウィングガールズ』。『坂道のアポロン』は実写映画よりアニメ版か。『真夏の夜のジャズ』はドキュメンタリーの傑作で、『死刑台のエレベーター』は音楽が独立して有名になった。『コットンクラブ』に『セッション』に『ラウンド・ミッドナイト』とあげていって、もしNo.１を選ぶとなるとなんだろう。やはり、

クリント・イーストウッド監督で、ジャズ界最大のレジェンド、バード（チャーリー・パーカー）を主人公にした**『バード』**だろうか。

久しぶりに『バード』（1988年）を観直して、36年も前に作られたのだと気づいて驚いた。年をとるわけである。この作品の場合、主人公は「バード」というより、もはや「ジャズ」そのものだ。

パーカーや同志、ディジー・ガレスピーによって「ビバップ」という、ジャズの革命、新しい形式が生み出された。その生々しい歴史的瞬間を映画の中に再現してみせたイーストウッド監督の腕にはほんとうに感心した。映画の中では、パーカーのオリジナル音源をとり出し、それに現実のミュージシャンのバッキング演奏を合成している。全く合成とは思えないのもすごいです。

パーカーは、重度のドラッグ中毒とアルコール中毒で精神病院に入院したり逮捕されたりを繰り返し、自殺未遂をしたあげく最後には、ミュージシャンたちのパトロンで有名だったニカ（パノニカ・ドゥ・コーニグズウォーター男爵夫人）の家で心臓麻痺《まひ》で亡くなってしまう。有名なエピソードだ。映画では、その遺体の傍らで、医者が「推定年齢65歳」と告げると、ニカが「34歳よ」と訂正する。そこまで体がボロボロだったのだ。

パーカーは（アルト）サックス奏者で、宮本大は（テナー）サックス奏者。「ジャズミュージシャン」といって、最初に思い浮かべるのはサックス奏者なんだろうか。ロックの場合はギターなんだけどね……って、ほぼギターとドラムだけだから。

ところで、歴史上最初のジャズ映画は1927年製作の『ジャズ・シンガー』。しかも、この映画、トーキー映画の第1号なのだ。すごいね、ジャズ。もちろんタイトルだけは知っていたが、未見だったので今回は初めて観ることにして、びっくり。まず、この映画はフル・トーキーではなく、セリフの部分はほとんど字幕で、サイレント映画そのまま。歌うところだけがトーキーなのである。しかも、主人公はユダヤ教司祭長の息子で、親の跡を継いでユダヤの聖歌を歌うのがイヤで出奔するという物語だった。主人公役のアル・ジョルスンはロシア帝国統治下のリトアニア生まれ。クライマックスシーンはミンストレル・ショー（黒塗りの顔で黒人を演じるショー）なのだが、それがアル・ジョルスンの「売り」だった。それ故、黒人差別的として、いまや彼の功績は無視されているそうだ。もしかしたら、この史上初のトーキー＆ジャズ映画、そのうち観られなくなるかもしれない。宮本大は「ジャズは自由だ」っていってるんだけれどね。

はみだせ！ ヨコチ……

ある本を読んだ。読んでちょっと気分がおかしくなった。そういえば、と思った。同じような気分になった本があったっけ。そこで、その本を読み返してみた。もっと気分がおかしくなった。ヤバい。ヤバすぎる。こうなったら、手段は一つしかない。読者のみなさんにも同じ気分になってもらうしかない。なので今回初めて、「わたし」ではなく「**おれ**」を主語にして書くことにする。それではよろしく。

読んだのは『**ブードゥーラウンジ**』（ナナロク社）。書いたのは**鹿子裕文**《かのこひろふみ》。鹿子さんは、1965年福岡県生まれ。ブレイディみかこさんと同じである。これは「ブードゥーラウンジ」という、福岡の、とあるライヴハウスに集う、一筋縄ではいかない人びとの物語だ。

「何を生業《なりわい》にしているのか。毎日どうやって暮らしを立てているのか。『ブードゥーラウンジ』には、正体のよくわからない人々が続々と飲み込まれていく……多くの人々はあだ名のようなもので呼ばれていて、本名に関しては知らないことの方が多い。でもそれで困ることなどひとつもない」

耳をつんざく騒音。ほんとうの顔がなんだかわからなくなるメイク、恐怖すら感じる衣装。そして、店の外では恥ずかしくてとても口に出せない歌詞。でも大丈夫。観客たちもみんな、外の世界の仮面を外しているからだ。

実は、おれがパーソナリティーをやっているラジオ番組でこの本をとりあげたのだが、朗読するとき困っちまった。どこもかしこも「地雷」だらけ。深夜の民放ならいいかもしれんが、夜9時台のNHKでは読めません！　では、どこなら読めるのか。プロデューサーに訊いてもよくわからない。だから、番組冒頭で「これから読む箇所には、不適切なことばが出てくると思いますので、あらかじめ謝罪しておきます」と宣言して読み始めたのである。

そんなライヴハウスに集う「袈裟《けさ》を着用した現役の真言宗僧侶が自作のカラオケをバックにトランス状態で踊ったり、リオのカーニバルでバリバリに踊っているサンバダンサーが極楽鳥のような姿でお尻をぷりぷりさせたり……根本をあまりにも強くゴムで縛りすぎたせいで、プラムのように赤くなったシゲちゃんのつるつる金玉が炸裂した九州ロッカーズ……総勢十名を超える男女混成のメンバーが『生きてるってなんだろ？　生きてるってなあに？』と叫びながら次々に服を脱ぎ捨て、ついには生まれたままの姿になってフロアに飛び込んでいった」りするのは、なぜだろう。それはもちろん生きているからだ。この世界の有り様がおかしいと思っているからだ。だから、彼らは音楽を奏で、踊り、声に出して歌うのである。

「おい！　そっちの隣の　一回り狭い方
薄暗い方で　革命の音が鳴っている
テレビには映らない　ラジオでは流れない
電波の届かぬ所で　革命の音が鳴っている
首からタオルぶら下げて　手をつないで回る奴らに
理解不能の音が鳴る　さあこっちへおいで
そろいの振り付けなどは踊らなくていい
ドブネズミが踊る所で　革命の音が鳴っている」

これは「ヨコチンロックフェスティバル」に登場した「ザ・ボットンズ」の名曲（？）「最下層エンターテイメントパンク」の一節だ。ちなみに、この「ヨコチン」は「ブードゥーラウンジ」で企画・出演・構成のすべてを担当している「ボギーくん」が主宰する自主製作レーベル「ヨコチンレーベル」に由来する。

なぜ「ヨコチン」なのか。「ボギーくん」によれば「どうしても世間の領域から『はみだし』てしまった何かにこそ、美しいものが宿ってるんじゃないか」と思えるからだ。

「そもそも表現の根源にある『人間の本性』は、アナーキーで不健全な要素をたっぷり含んでいるものだ……僕らは自主規制という名の鍵をその秘密の小部屋にかけて、なんとか無難に社会生活を送っている——つまりヨコチンを出さずに暮らしている」

その自主規制はいつの間にか、どんどん激しくなっていった。少しでも「ヤバい」ものはみんなの前に出さなくなったのだ。いや、実際のところ、社会や世界でほんとうに「ヤバい」やつは平気で顔を出しているんだけどね。

かつてロックは「ヤバい」ものだった。だから大人たちが支配する社会はロックを嫌悪した。しかし、いつ頃からか、売れるロックは社会も認めるようになった。そいつは、決して反抗しない「いい子」のロックだったからだ。

「ブードゥーラウンジ」に集まるロッカーたちは、そこから「はみだし」た連中だったのだ。

おれは思い出した。かつて「はみだし者」だった時代のロックのカリスマ、ついにはロックからも「はみだし」てしまったやつを。もちろん、それは**フランク・ザッパ**だった。

おれは、『**フランク・ザッパ自伝**』（F・ザッパ＋P・オチオグロッソ著　茂木健訳　河出書房新社）を中学の教科書にしてもらいたいと思っている。世界平和への近道になるはずだ。

ザッパは1940年に生まれ、93年に亡くなった。ロックの黎明期《れいめい》に生まれた「ロックの鬼子」だ。ジョン・レノンと同い年のこの男に、いわゆるヒット曲は一つもない。「ロック」といったが、実はザッパの音楽はどこにも属さない。前衛ロック、ジャズに電子音楽にブルース、現代音楽、あらゆるジャンルの音楽が渾然一体となったものがザッパの音楽だった。そして、わけのわからない、超絶風刺の効いた、時に政治的で時にエロすぎる歌詞！ロックが社会や政治から目の敵にされると、必ずザッパは前面に出て戦った。公聴会から裁判所まで、どこでもザッパは、彼が書く歌詞のようにユーモラスにしかし非妥協的に戦ったのである。ザッパに似た音楽も、ザッパに似たパフォーマンスをしたミュージシャンも皆無。すべてから「はみだし」た男だったのである。

「一九八〇年代のアメリカ人は、ファシズムを喜んで受容する強烈な意志を盛んに示しているような気がしてならない……お気楽なアホぶりのことを語っているのではない。いったんバカになりはじめると、俺たちは**特大のバカ**になってしまうのだ……よーく見ていな！　いつの日か、このような『特大のバカ』がPTAの集会に姿を現わし、『神を讃えよ』クラブを走り抜け、ホワイトハウスにまで入りこんでゆくだろう。そして大統領執務室から、牛の糞のように裁判所へと滲みこみ、大企業のデスクの上にぼたぼた滴り落ちるだろう。はっと気づいたときはもう手遅れだ。俺たちの眼の前には、『**超特大**のバカ』がでんと居座っている」

ザッパのこの予言、残念ながら当たっちまったみたいだよ。

アナキストってなんだ

「アナキスト」とはなんだろう。

いきなりそういわれても、みなさんは困るにちがいない。わたしが政治に関心を持ちはじめた中学生の頃（1960年代！）には、「アナキスト」＝「無政府主義者」＝「ヤバい人たち」というイメージがあった。その代表は、ロシア革命の頃、皇帝に爆弾を投げたりしていたテロリストたちである。もっとも、そんな「イメージ」が生まれたのは、同じ「革命」側だが遥かに統制がとれていた、というか「鉄の規律」で革命政府を作ったロシア共産党のキャンペーンのせいもあったのかも。「無政府」主義のアナキストたちと話が合うわけがない。

では日本の「アナキスト」の代表はというと、大杉栄だろう。この人の場合は政治的主張より、「自由恋愛」で有名になってしまった。妻1人、恋人2人が同時にいて、ついにはその恋人の一人に刺されて重傷を負い、そっちの方で「ヤバい」人とされてしまったのである。

そういうわけで、「アナキスト」ということばは、爆弾を投げたり結婚制度を破壊したりするとんでもない人たちというイメージを長い間背負うことになったのである。

その「怖くてとんでもない人たち」というイメージが変わり始めたのは、社会主義体制が崩壊し、マルクス主義の権威がなくなってきたからだ。パンクやフェミニズム、エコロジーや反グローバリズム運動などにはアナキズムの考え方も濃厚に含まれていた。その代表的な理論家はデヴィッド・グレーバーだろうが、日本では誰か。そりゃもう栗原康《やすし》の他にいないのである。

栗原さんは「アナキズム」の研究者として知られているが、当人もバリバリのアナキストである。「アナキストってなんだ」と思う方は、栗原さんに質問すればよろしい。そんな栗原さんの主著といえば『**はたらかないで、たらふく食べたい**』（ちくま文庫）だ。この、炎上間違いなし（?）の破壊的なタイトルの付けかたこそ、いかにもアナキストらしい。

栗原さんは大杉栄の文章に触れアナキストになっていった。そのきっかけが変わっている。高校3年生のとき、栗原さんは、毎朝6時の電車に乗って片道2時間半かかる高校に通っていた。通勤ラッシュの中を、である。たいへんだ。なにがたいへんかというと、混んでいる列車の中のサラリーマンたちの機嫌がたいへん悪いからである。「足をふまれたとかおされたとかいって、しょっちゅうどなりあい、つかみあいのケンカをしているし、そうでなくてもみんなピリピリして」いるのだ。イヤになっちゃう。そんなある日、満員電車の中で立ったまま寝ていた栗原さんのわき腹を隣の人のヒジが直撃した。思わず、栗原さんはゲロを吐いた。そのゲロがサラリーマンの靴を直撃したのである。

「ゲロに気づいたそのサラリーマンが、『あぁっ』と声をあげ、そしてなにをおもったのか、無言のまま、革のカバンでわたしの背中をバシバシとたたきはじめた。こわすぎる。だれもたすけてくれない」。半泣きになった栗原さんは、つぎの停車駅で電車を降りた。それからは、栗原さんは無理をしなくなった。いつサラリーマンに革のカバンで背中を叩《たた》かれるかもしれない。つかれたら、さっさと途中下車して、ラッシュが終わるまで、駅や公園のベンチで本を読むようにした。そこで出会ったのが『大杉栄評論集』だったのである。

わたしも若い頃、ラッシュの電車に乗って（建設会社へ）通勤していたことがある。端的にいって、あんなものに乗るのは間違っている。四方八方から押されて押しつぶされそうだった。か弱い女子高生が泣きそうになっている。絶対痴漢もされてるだろうし。どうして、そんな状態を我慢しなければならないのか。いつもそう思っていた。でも、みんな我慢している。それが社会の掟だからだ。アホくさ。わたしが建設会社をやめて作家になったのは、あの電車に乗りたくなかったからだと思う。同じように、電車から降りた栗原さんはアナキストになった。**満員電車恐るべし**。電車から降りて読んだ本の一冊の中で大杉栄はこう書いていた。

「兵隊のあとについて歩いて行く。ひとりでに足並みが兵隊のそれと揃《そろ》う。

兵隊の足並みは、もとよりそれ自身無意識的なのであるが、われわれの足並みをそれと揃わすように強制する」

それを読んだ栗原さんは、こう述懐する。

「なんだか、満員電車のサラリーマンみたいだ。じっさい兵隊みたいでおっかないし。でもそれだけではない。毎日、みんなとおなじように学校にいき、受験勉強をして大学にいって、けっきょくサラリーマンになろうとしている自分も、それにちかいのだ。自分の生きかたを自分できめることもできやしない。

じゃあ、どうするのか」

栗原さんの下した結論は簡単だ。**自分のやりたいことをする**。逆の言い方をするなら、自分のやりたくないことはやらない。それだけ。なので、栗原さんは、長い間定職にもつかず、結婚もしないで、ずっと親に頼って、ぶらぶらしていた。そして、口癖は、

「はたらかないで、たらふく食べたい」

栗原さんは、できるだけ働かないのだ。最低限の仕事だけして、本を読んでいるのが楽しいのだ。楽しいことだけしていたいのだ。そんな栗原さんでも、結婚をしようとしたことがある。そのとき付き合っていたかの女は、まともに就活もしない栗原さんにキレて、こうい

ったそうである。

「もう我慢できない。おまえは家庭をもつ、子どもをもつということがどういうことなのかわかっているのか。社会人として、大人として、ちゃんとするということでしょう。正社員になって、毎日つらいとおもいながら、それをたえつづけるのが大人なんだ。**やりたいことなんてやってはいけない。**仕事なんていくらでもあるのに、やりたいことしかやろうとしないのは、わがままな子どもが駄々をこねているようなものだ」

そして、最後に「あまえてんじゃねえよ。だいたい、おまえみたいなのをあまやかして育てた親がわるいんだ。人間としておわっている。死ねばいいのに」と宣言されるのである。

結局、栗原さんはかの女に愛想を尽かされてしまう。もちろん、かの女のいっていることは、間違ってはいない（たぶん）。世間というものは、そのように考えるのだろう。

しかし、である。栗原さんは、闇バイトをして人を殺したわけでも、詐欺をやったわけでも、ウクライナに突然侵攻したわけでも、脱税したわけでも、パワハラやセクハラをしたわけでも、誰かを嘲笑したわけでも、発癌性物質をばらまいたわけでもない。ただ、やりたくないことはやらない、といっただけなのだ。なのに、「死ねばいいのに」といわれるのだ。

そうか。アナキストとは、やりたいことだけをやって、それ故、みんなから「死ねばいいのに」といわれる人なのか。だとするなら、およそ芸術家はすべて、自由人と呼ばれる人はすべて、アナキストなのではあるまいか。究極の「これは、アレだな」ですね。

ぼけますから、よろしくお願いします

「ぼけますから、よろしくお願いします。」

87歳の母親が娘に向かって、こういったのである。いわれた方はどう答えればいいのか困惑したにちがいない。このことばをタイトルにした本（新潮社）を書いたのはフリーのテレビディレクター、**信友直子**《のぶともなおこ》さんだ。

一人っ子の信友さんは、高齢の両親を案じながら仕事を続けていた。そして、母親が認知症になるという事態に直面する。信友さんは悩んだあげく、以前から撮っていた家族のドキュメンタリーの延長線上に、母親の変貌してゆく姿を残した。その記録が本であり、またやはり同じタイトルのドキュメンタリーとして大きな話題となった映画であった。映画もまた、強く心をうつ傑作であり配信でも観ることができるので、ぜひ観ていただきたいと思う。

認知症は誰にでも起こりうる。高齢者夫婦も増えた。だから、信友さんが立ち会うことになったこのドラマは、わたしたちみんなにとって他人事《ひとごと》ではない。というか既に同様のことを経験されている方も多いだろう。

最初の兆候は、母が同じ話ばかりするようになったことだった。「まるで初めてその話をするかのように『一から』話す」のである。

いま思えば、わたしの母親もまるで同じだったが、認知症になる前に亡くなったのだと思う。だが、信友さんの母親の状態はどんどん悪くなっていく。「バナナは冷蔵庫に入れると黒くなるから常温で保存しなさい」といっていたのに「なぜか冷蔵庫の中に、買ったばかりのバナナが何房もあった」。ずっとつけていた家計簿も書き方がめちゃくちゃになり、料理の味つけができなくなり、電話勧誘販売に引っかかって高額商品を買ってしまう。さらには、得意だった筆で年賀状を書くこともやめてしまう。もう字がはっきりわからなくなっていたからだ。その頃には、本人がはっきり「私、頭がおかしゅうなっとるようなんよ。ばかになったんじゃわ」というようになる。おかしくなっていることを自覚していたのである。

もう台所仕事などほとんどできないのに、その台所にこもって延々と「戸棚にしまった食器や鍋が本当にそこの場所でよかったのか、確認をしている」母親の姿には、信友さんならずとも、「母の主婦としての矜持」にうたれるのだ。

さて、この物語にはもう一人の主役がいる。それは父親だ。

「両親を客観的に見るようになって私が一番驚いたのは、90代の父の、家事全般に対するポテンシャルの高さでした」

「母が認知症になるまで、全く家事をやる人ではなかった」はずの父親は、驚異的な勢いで家事のスキルを身につけてゆくのである。

最初は洗濯で、たらいに水を張り、洗剤を入れて手洗いをした。自分のだけではなく、母の下着も洗った。洗ったらきちんと畳む。食料品の買い出しにも行く。スーパーの中のどこに何があるのかは完全に把握している。買ってきた魚は焼いて大根おろしを添えて母にふるまう。朝食では母の好きなリンゴを包丁でむく。最初は雑だったのにどんどん上手になってゆく。家事能力が一気に開花したのである。

「ある日、ふと気がついたら、父が母の裁縫箱を取り出して縫い物をしていて、目を疑ったこともあります」

どうして、そんなことができるのか、と信友さんが訊ねると、父はこう答える。

「兵隊に行っとったときに、身の回りのことは一応できるようになったけんの。飯炊き、裁縫、洗濯、何でもやらされたんよ。もたもたしとったら上官に殴られるけん、必死で覚えたけんの。今でも体が覚えとるんじゃろう」

戦争の影はこんなところにも現れるのだ。

信友さんが体験したのは、本人が書いているように「老老介護」や「遠距離介護」や「介護離職」の問題でもあった。老いてゆく社会を前にして、わたしたちは怯え、呆然と佇んでいるように見える。老いた父と働く娘が、さまざまな社会的リソースを利用しつつ、認知症の母を支えていくその姿は、決して受け身ではなく、前向きだ。それはなぜなのか。信友さんは、認知症の母親を介護して見送ったある女性の、こんなことばを紹介している。

「信友さん、私は母を介護して見送って思ったんです。『介護は、親が命懸けでしてくれる、最後の子育てだ』って」

わたしが子育てをして感じたのは、これは「子育て」ではなく、子どもによる「親育て」ではないかということだった。人間の関係は一方的ではありえないのだ。介護という現場においてもまたそうなのだろう。

さて、信友さんが見た「高齢の父親が認知症の母親を介護する」という物語の傑作といえば、いまは亡き、偉大な私小説作家・耕治人《こうはると》の一連の作品だろう。

『一条の光／天井から降る哀しい音』（講談社文芸文庫）に収録された、「天井から降る哀しい音」「どんなご縁で」「そうかもしれない」といった短篇は、かつてどんな作家も書いたことがないほど赤裸々に、高齢夫婦が最後にたどる道を描いた傑作だった。

はじまりは物忘れだ。去年あった出来事を忘れ、八百屋や魚屋で買ったものを忘れ、鍵を落とし、財布をなくす。料理の味も変化し、次々と鍋を焦がし、使えずに放置された鍋が大量にたまってゆく。言葉はすらすら出なくなり、突然わけのわからないことを言い出すようになると、周囲の困惑は深まってゆく。ガスの火を消すのを忘れてボヤを出すに至って、作者である夫は、民生委員に相談し、ガスもれ警報器、火災報知機、消火器などを装備することになる。その警報器が、妻の不始末（鍋で煮物をずっとトロ火でやっていた）のせいで鳴り出すその音を、作者は「天井から降る哀しい音」と呼んだのである。

作品を読み進むごとに妻の認知症はさらに悪化してゆく。洗濯機を動かすどころか、汚れ物を洗濯機に入れることさえできなくなる。放っておくと、いきなり外出して行方不明になる。夜中に粗相をして、夫が妻の体を拭いてやる。ほとんどすべて、信友さんの本に書いてあるのと同じ過程を踏んで、妻はこの世界の「外」へ抜け出してゆくのである。

最後、「私」は妻を老人ホームに入れる。もう世話をする力もなくなったからだ。ちょうどその頃、「私」が悪性の癌《がん》であることが発覚する。80代の老夫婦は、それぞれ病院と老人ホームに分かれて、最後のときを迎えることになるのだ。

小説は、「私」が待つ病院に妻が面会にやって来るシーンで終わる。付き添いが車椅子にかけた妻に「ご主人ですよ」と声をかける。すると、妻はこういうのである。

「そうかもしれない」

わたしたちはいつか、異なった道を歩みながら、みんなここへたどり着くのだろうか。

今夜は、しらふで生きてみる

わたしが飲酒を始めたのは、中3か高1の頃からだったと思う。以来、今日に至るまで飲酒の習慣がなかった時期はない。けれども、アルコール依存症ではない（たぶん）。というのは、焼けるような酒への願望もなく、要するに酒がなくても平気だからである。ふつうの人間がふつうに酒を飲む。それだけのことだ。そう思ってきた。

しかしやめられない習慣がある。「寝酒」である。仕事が終わり、寝る前に一杯やる。この「寝る前の一杯」がないと眠れない。これは、20代で肉体労働をやっていた頃からの習慣だ。この「寝酒」で困るのは、だんだん量が増えていくことだ。同じ量では眠れなくなってくる。そしてついには酔いが残るほどになると「イカン！」と反省して、量を減らす。そしてまた少しずつ増えていき、二日酔い、「イカン！」の無限ループとなるのである。

気がついたら72歳。ダイエットとスクワットで健康体になったわたしにとって最後に克服すべき対象はこの「寝酒」と思われた。

だから、「節酒」に取り組み始めたのである。一回の量を減らし、しかも隔日にする。いかん、眠れない……「これは、アレだな」の連載が書けなくなってしまう……仕方ない、今夜だけ通常の「寝酒」をしよう。仕事のためだ……元の木阿弥《もくあみ》、というループ。それが現状である。この連載をお読みのみなさんは、どうだろう。「寝酒」をしてます？　それとも「断酒」済み？　意志が強い（と思っていた）わたしが、こんなにも苦労している「飲酒」という習慣。そのことについて、今回は考えてみたい。テキストは2冊。「アルコール依存」で破滅した（と思われる）天才と「アルコール依存」から完全に脱却することに成功した天才の2冊の本だ。

中島らもが書いた『**今夜、すべてのバーで**』（講談社文庫）は、名作の誉れも高い。中島さん本人をモデルにした主人公の小島容《いるる》は、アルコール漬けの日々を送ってきた。「十八歳くらいから、見栄を張って大酒を飲んでいるうちに、内臓がバカになったか耐性ができたのか、ほんとうに強くなってしまっていた」小島は、会社員から作家になり、その生活が変わると、仕事中以外はのべつまくなしに飲むようになる。「書けない」という思いが、さらに小島を酒へ追いやっていく。

「やがて一日に二本近いボトルが空くようになった。一週間目くらいになって、例のコーラ色の小便が出た……おまけに、水のような下痢が続いた……なにかの拍子に、失禁してしまうこともあった……かと思うと、一転してしぶとい便秘になることもあった……おれは苦労して用を足した後、まっ白な便が水に浮いているのを見てギョッとした……これは、胆汁《たんじゆう》がまったく出ていないことを意味しているのだろう……それでも俺は飲み続けた。その頃にはもう、固形物を胃が受けつけなくなっていた……もはや、喉を通るもので、カロリーのあるものといえばアルコールだけだった」

書いているだけで目まいがする。どうしてそこまで飲むのか。飲むのをやめられないのか。わかっていてもやめられない。それが依存症の怖さだ。死に直面した小島は、ようやく病院に駆け込む。そこでの日々を書いたのが『今夜、すべてのバーで』だ。アルコール依存症の患者たちは、自ら望んで破滅へ飛び込んでゆく。どうすればそこから逃れることができるのか。終わり近く、主人公はこう述懐するのである。

「酒をやめるためには、飲んで得られる報酬よりも、もっと大きな何かを、『飲まない』ことによって与えられなければならない。

それはたぶん、生存への希望、他者への愛、幸福などだろうと思う。飲むことと飲まないことは、抽象と具象との闘いになるのだ」

そして、小島はこんな結論にたどり着く。

「ワーカホリックまで含めて、人間の〝依存〟ってことの本質がわからないと、アル中はわからない……〝依存〟ってのはね、つまりは人間そのもののことでもあるんだ」

自身の身体を賭けて小島は（いや、中島らもは）、なにかに「依存」しなければ生きていけない人間の本質を知ったのである。

小島が（中島らもが）敗れた「飲酒」との闘いに勝利しようとしているのが、もうひとりの天才で『今夜、すべてのバーで』の解説を書いている町田康だ。


「三十年間、一日も休まず酒を飲み続け」ていた町田さんは「平成二十七年の十二月末」、突然「飲むのをやめようと思ってしまった」。

いったいなぜ。誰だってそう思う。町田さんによれば「ただ酒をやめようと思った」、それだけなのである。

考えれば考えるほど不思議ではないか。中島さんの本にあるように「アル中」の人間は、苦しみに苦しむ。やめようと思って七転八倒する。けれどもやめられない。『今夜』でも、病院生活でようやくアルコールが抜けた小島が、ふらりと外出してしまった夜、つい出来心で大量飲酒をしてしまう印象的なシーンがある。決意をして、酒をやめ、よしこれでなんとか、と思った瞬間、「一杯くらい飲んでもいいじゃないか、それを最後にすれば」という悪魔のささやきが聞こえてくるのである。それほどに、アルコールを断つことは困難なのだ。

それなのに「三十年間、一日も休まず酒を飲み続け」ていた人間が、理由もなく突然酒をやめてしまう。実は、『しらふで生きる　大酒飲みの決断』（幻冬舎文庫）という本は、当人ですら判然としない断酒の理由を、突き止めていった探究の書なのである。

なぜ、酒をやめるという判断が突然生まれたのか。町田さんはそれを「狂気」と呼んでいる。「正気」なら、酒を飲みたいものなのだ。

町田さんは（アルコールが抜けて、きちんと考えることができるようになった頭脳で）考え抜き、ついに、中島さんが提起した「人間の〝依存〟ってことの本質」の謎を突き止める。そのスリリングな論理を、みなさんにも味わってもらいたいと思う。すごいです、町田康。

町田さんがたどり着いた結論は、中島さんが予言したように「飲んで得られる報酬よりも、もっと大きな何か」がわかったことだ。そして、その場所にたどり着く者には、こんな風景が見えるのである。


「そうするとそこに意外のよろこびや驚きがあることを知った。それは草が生えたとか、雨の匂いとか、人のふとした表情のなかにある愛や哀しみといった小さなものである。急いで通り過ぎると見落とし、見過ごすようなものである。けれどもそれこそが幸福であるということをやっと知ったのであった」

酔っているときには気づかなかったものに気づく。しらふになってやっと、小さく、豊かなものの存在に気づくことができるのだ。

小松菜奈お前は誰だ？

はっきりいって小松菜奈は可愛いと思う。たぶん最初に小松さんを観たのは、映画『バクマン。』の亜豆美保《あずきみほ》役だった。マンガを描くふたりの男の子たちを描く原作マンガも面白かったが、マドンナ役の小松さんは原作より良かったかも。その小松さんが2023年3月、パリで発表された「シャネル」の「2023／24秋冬プレタポルテコレクション」のショービジュアルの主役を演じた。簡単にいうと、小松さんが出演したショートムービーを「シャネル」のショーで盛大に流し、会場には彼女の写真が満載というわけである。その様子を映した動画も同時に公開（「シャネル」公式サイトで観られます）。会場には夫君の菅田将暉を伴って現れた。「シャネル」の「顔」に日本人モデルが選ばれる時代になったわけだ。感慨深いです。

そこでの小松さんは、長いマスカラ、目の周りを強調したお化粧、そして独特のファッション、モノクロの映像。なんだかものすごく60年代っぽいなと思ったら、その通りだった。

1966年公開のフランス映画『ポリー・マグーお前は誰だ？』の世界を忠実に再現。映画に主演していたポリー・マグー役のドロシー・マックゴーワンを小松さんが演じていたのである。

ここでちょっと個人的な感慨を一つ。60年代を代表する映画とされる『ポリー・マグー』を、実は、当時は観ていなかった（今回、ようやくDVDで観た）。おかしいな、と思ったのである。中学生から大学2年生頃まで、時期でいうと62、63年から72年頃まで、わたしは自他共に認める「映画青（少）年」だったのだ。公開された映画はほとんど観ていたと思う。観る映画がなくなって名画座巡りをしていたくらいだ。なのに、この映画を観た記憶がない。資料を見ると、ATG（日本アート・シアター・ギルド）公開とある。さらにおかしい。わたしはこのATGという、非商業的芸術映画を製作配給していた映画会社の会員で、全作観ていたはずなのに！　そう思ってさらに調べたら、日本公開日がわかった。69年4月26日。わたし、この2日後の28日にデモで逮捕されて1カ月近く拘留されていたのだ。それで観ることができなかったのか……やっと会えたね、ポリー・マグー……。

『ポリー・マグーお前は誰だ？』の監督は**ウィリアム・クライン**。映画ファンなら『**ベトナムから遠く離れて**』を思い浮かべるだろう。この映画にはゴダールやアラン・レネやアニエス・ヴァルダも共同監督として名を連ねている。ベトナム反戦をうたったこの作品に、唯一アメリカ人監督として参加したのがクラインだった。

映画冒頭はパリ・コレクションのショー。ショーのテーマは「宇宙時代」（?）、モデルたちが着る服の素材はなんとアルミ（？）。その素材をデザイナーはペンチで折り曲げ、重ねてゆく。裸に金属だから、皮膚が切れて出血するモデルもいる。それでもいいのだ。新時代のファッションはそうでなくちゃ！

このあたりの、ファッションの世界を笑い飛ばしているところが『ポリー・マグー』の特徴ということになるだろう。

なにもかもが表層的な、60年代とファッションの世界、この映画を撮った直後にきわめて政治的な『ベトナムから遠く離れて』を撮る。その自由さこそ60年代の表現の特徴だろう。

そんな時代のアイコンであるポリー・マグーにテレビ局が接近。「お前は誰だ？」という番組に出演させる。これは、話題の人物に密着取材して、その人となりを視聴者に見せるというもの。アメリカ、ブルックリン生まれで、小さい頃は醜かったというポリー・マグーが、60年代のファッションリーダーになっていく、それを通して消費文明の本質を探ろうというのだ。こう書くと、なんだか硬そうな映画だが、中身はまるで逆。ポリー・マグーを見初めた東欧のある王子（最初に白馬に乗って登場するのである、ダサ！）が、彼女と結婚するために、あらゆる手段を尽くすその様子が、コメディとして描かれる。ふたりが、いきなり古き良き時代のハリウッドミュージカルのスター、フレッド・アステアとジンジャー・ロジャースの恰好で踊ったり、モデルがみんな喪服を着て、ポリー・マグーは柩《ひつぎ》に入れられてファッション写真を撮ったり、とはっきりいって目茶苦茶。つまり自由だってことだ。

同時に、少女時代のポリー・マグーは典型的な60年代のティーンエージャーとして描かれていて、「お前は誰だ?」のスタッフが発掘するのは、ビートルズアメリカ公演(!)に熱狂するソバカスの女の子ポリー・マグーなのだ。

番組制作者は、こう叫ぶ。

「外面だけだ! この娘の仮面を剝ぎ取れ! この娘は存在しない。こういう娘には不幸が待っている。化粧の下の真実を探せ!」

しかし、外面しか存在しないのはテレビも同じだったのではあるまいか。

すべてはファッション。表面だけ。一瞬がおもしろければあとはオーケー。モノクロの画面に登場するモデルたちは、みんな同じようなきつめのメイクで見分けがつかない。個人がいるのではなく「60年代」そのものがモデルを務めている、という錯覚に観客は陥ったのではあるまいか。なにしろ、映画は、ポリー・マグーの部屋に求婚のためにやって来た王子が、彼女が不在なので、隣の部屋に住んでいるモデルに一目惚れして求婚してしまうという衝撃(?)のシーンで終わるのである。えっ? 誰でもいいの? ポリー・マグー風だったら?

改めて「シャネル」の小松菜奈を見ても、すぐには彼女だとはわからない。そこにいるのは「60年代」の仮面をかぶった彼女だからだ。

シャネルのムービーと『ポリー・マグー』を観て、岡崎京子の『ヘルタースケルター』

（祥伝社）を思い出す読者も多いだろう。『ポリー・マグー』は60年代、『ヘルタースケルター』は80年代を舞台にして、時代もファッションも違うはずなのにひどく似ているような気がしてくる。片方はミニスカート、ヒッピー、ビートルズ、カウンターカルチャー、ベトナム反戦。もう一方は、バブル経済、コピー文化、マンガ・アニメ・ゲームのサブカルチャー、ファッションとしての現代思想、そして多幸感。あらゆるものを呑みこみながら、60年代から80年代にかけて時代は「上昇」していった（ように見えた）のだった。『ヘルタースケルター』が描かれたのは95年から96年にかけてで、すでにバブルは崩壊していたが、この作品には80年代文化の残照が反映しているようにわたしには思えた。

時代のアイコンになったカリスマ・モデル、りりこは、実は途方もなくブサイクな太った大女で、全身整形で美貌を得た。だが、その美貌を維持するためには、絶えずメンテナンス手術をする必要があったのである。りりこを含め、りりこの周りに集まる「時代に翻弄《ほんろう》される人々」を描いたこの傑作には80年代文化のアイテムが集まっていて、やはり主人公は「80年代」そのもののような気がする。「ヘルタースケルター」は60年代を象徴するビートルズの曲のタイトルで、もしかしたら「80年代」は「60年代」の子どもなのかもしれないと思ったのだった（小松菜奈はまたその娘？）。

原点の女たち

今回とりあげる2冊の本はどちらもすごい。読めば絶句するしかない、とんでもない本だ。

1冊目は『女と刀』(中村きい子　ちくま文庫)である。名著の誉れ高かったが長く絶版になっていた。わたしも手にとって読んだのは今回が初めて。そして、心の底から驚いたのである。

『女と刀』は、著者の中村さんが、実母をモデルにして書いた半ばドキュメンタリーに近い伝記小説だ。中村さんは、自分の母親の生き方と彼女の発したことばを見て、これは歴史的遺産として残さねばならない、と考えたのだろう。

中村さんの母親の名前はキヲ。明治10(1877)年の「西南の役」から5年たって鹿児島の下級士族の家に生まれた。すでに明治になっていたのに、当時の鹿児島には旧薩摩藩の体制や精神が濃厚に残っていたのである。キヲは、その土地で「名頭《みようず》」と呼ばれる名門の家の一員だった。キヲの父は彼女に「郷士の『鋼《はがね》』の精神」を教える。それはどんな戦いにも勝たねばならない、という教えだった。キヲは父の教えを忠実に守った。いや、父の想像を超えて教えを守った。どんなときにも、どんな相手に対しても、正々堂々と戦う女になったのである。

数えで18歳のとき、キヲは嫁がされた。父親に命じられた相手のところへ、である。あれほど「おのれの意向をもて」といった父親が、自分になんの相談もなく決めたのだ。抗議するキヲに父親は言い放つ。

「たとえどのような異議があろうとも、むかしからこの権領司の家では、男親の決めたことには、ひとことの異議も挟《はさ》むことは許されておらんとじゃ」

まことにもって「男性中心」「家父長制」が支配するこの国の男性らしい発言である。無数の女たちが、長くこの考え方に抑えつけられてきた。だが、キヲはおそるべき反骨心でその抑圧と戦うのである。

キヲは二度嫁ぐが、そのどちらでも、古い家制度を信奉する姑や夫や親戚に屈しない。そして、キヲはその精神で子どもたちにも接する。

たとえば、小学校4年生の息子が理不尽な差別を続ける教師に対してストライキを敢行しようとすると、激励してこういうのである。

「教師が差別をせんとならん原因が、おまえらのことに士族の血をひくおまえの、どこにあるのか。それを教師から確《しか》とした答えをとるまでは、それを突く手はゆるめやいめど」

そして、徹底したストライキを継続した子どもたちは教師の謝罪を勝ち取るのである。

キヲは妻として母として全力で生きた。どんなことも蔑《ないがし》ろにすることなく、あらゆる場面で条理を求め、正面からぶつかることを自分にも他人にも求めた。苛烈な人生だったろう。

母の墓参で父のもとを訪ねたとき、キヲは、父の持つ刀の一本を抜いたことがある。キヲはその「しらじらと冴《さ》える刀身」に「ただ魅せられていた」。誰も向き合ってはくれないと悩んでいたキヲは「わたしを激しく突き揺すぶる相手として向きあえるもの」は、「敵を斬り倒す」一瞬のきらめきを持つ、実際に戦場で使われていた、その刀しかないと確信し、父に譲渡を願い出る。女だてらにと一顧だにしなかった父も、尋常ではないキヲの意志に、ついに刀を与える。これが、本のタイトルになったエピソードである。生身の人間に、キヲと正面からぶつかってくる者はいなかったのである。

この物語の最後は、キヲが70歳のときを描いている。心底、夫の所業に落胆したキヲは、その年で離婚し自立することを決心する。そして、夫にこういうのである。

「刀のひとふりの重さほどもないおまえさまと、もはや共に生きるというのぞみは、いかように考え直そうとしても、もちえもさぬ」

70歳ですべてを捨て、キヨは「日傭《ひやとい》、土方」で生計を立てる生活を選ぶ。自由と自立を失わぬためである。そして、周りを見まわし、明治の人、キヲは思う。ようやく手にいれた「民主主義」に、人びとは酔いしれているが、そこにほんとうの自由と自立はあるのか、と。

著者の中村きい子は、1950年代後半に九州で生まれた活動家たちの文化雑誌『サークル村』に参加した。そして、同じ『サークル村』の出身者によって生み出された作品といえば、森崎和江の『まっくら』（岩波文庫）がある。これも長く絶版になっていたが、ようやく岩波文庫で再刊された。森崎和江の作品では、『からゆきさん』が名高いが、衝撃の強さでは、こちらの方が上かもしれない。

副題に「女坑夫からの聞き書き」とあるように、この作品は九州・筑豊炭田で働いた女性坑夫たちの声を聞き書きしたものである。明治期後半から昭和初期にかけて、多くの炭鉱で女性坑夫たちが働いていた。機械化以前の炭鉱では、ツルハシで石炭を掘り（先山《さきやま》）、人力でそれを運んだ（後山《あとやま》）。男性坑夫が前者を、そしてしばしば女性が後者の役割を果たした。大地の奥底にあるその世界は、地上の論理とはまったく異なる論理によって成立した別世界であった。解説にあるように「一九〇六年の統計によれば、常磐、筑豊、三池、唐津の炭鉱では、坑内労働者のうち女性の割合は約四分の一に及んでいた。しかも、未婚女性を主力とした紡績女工とは異なり、女性鉱夫の場合、既婚者が少なくなかった」のである。

しかし、石炭が産業の中心からはずれ、また「男は仕事、女は家庭」の性的分業が社会に浸透するにつれ、女性坑夫は行き場を失い、忘れ去られた。彼女たちの存在とはいったい何だったのか。それを知るために、森崎和江は、年老いた元女性坑夫たちの声を聞いたのだ。それは我々の知らない世界の声だった。

「女も男と同じごと仕事しよったですばい。こげな太か坑木でも何十間とかたげてきて、枠つくりもする……女のほうが力がないということはなかですばい。仕事は同じことじゃ」

「昔も今もこのあたりはかけおちが多いばい。子ども二人三人ほたって（捨てて）男と逃げたもんがいくらもおる。なんぼでもある。若い男と逃げるたい。男が子どもをほたってよその女と逃げたのは、そうなあ、そげなのは聞かん。女のほうが子どもをほたっていくの」

「鉱山地帯にある雰囲気はちょっとほかにないでしょうが……愛情の深いのは鉱山地帯ですばい。どこの町でも、どこの村でも、炭坑人の愛情にはかなわんです……あのころの炭坑は坑夫たちみんな助け合うてですの。愛情がこもっとった。そのこもり方はあんたら若い女性は真似でけん」

「家のなかでぶらぶらしてしゃべることとだけうまくなってもね、こりゃ民主主義とはちがうとじゃないですか。わたしは昔の女のほうが、いまの女性より堂々と発言して堂々と仕事しよったと思うがね」

『サークル村』から生まれた女たちの声である。だが、そこから生まれ、やはり声を伝えた女性がもうひとりいることを忘れてはなるまい。もちろん『苦海浄土』の石牟礼道子である。

「らんまん」な夫たち

ＮＨＫの朝ドラ『らんまん』（２０２３年度前期）の主人公のモデルは、偉大な植物学者、**牧野富太郎**だ。番組サイトには「春らんまんの明治の世を天真らんまんに駆け抜けた―ある天才植物学者の物語」とある。「らんまん」は漢字で書くと「爛漫」。字面を見ているだけで、花が咲き乱れる中を子どものような純粋な心の若者が走り回ってる様子が思い浮かんでくる。なんてファンタスティック。

では、実際の牧野先生はどんな人物だったのか。それを知るための最重要文献は、牧野先生本人が書いた『**牧野富太郎自叙伝**』（講談社学術文庫）だ。それを読むと、牧野先生が、どんなにヘン……いや、常識にあてはまらない人物であったのかがわかるのである。

牧野先生は文久２（１８６２）年に土佐国高岡郡佐川《さかわ》町で生まれた。江戸時代生まれだったのだ。両親共に30代の若さで亡くなり、先生は祖母に育てられた。最初は寺子屋に通い、それから藩校へ。そして明治７（１８７４）年、はじめて小学校というものができると、そこへ通った。わかっているのはめちゃくちゃ勉強ができて、片っ端から本を読んでいたことだ。自叙伝の年譜を見てみるとおかしい。

「明治九年　一五歳（数え年）
この年いつとはなしに小学校退学」
「明治十年　一六歳
佐川小学校の教師になる」
小学校を「いつとはなしに」退学するのもすごいが、その翌年、退学した学校の先生になるのだからどうかしている。とにかく学問はよくできたのである。そして、いうまでもなく、先生は植物のことがものすごく好きだったのだ。
やがて、牧野先生は、東京帝国大学の植物学教室に出入りし、植物学会の機関誌まで手がけるようになる。周りがみんな帝大出身の中で、牧野先生だけが小学校中退。なのに植物に関する知識は空前絶後。もしかしたら近代日本最初の「オタク」は牧野先生だったのかも。そんな牧野先生は周りの人たちとしょっちゅう衝突している。恩人だった帝大の先生とも喧《けん》嘩《か》別れ。植物のことはわかっても人間社会のことはわからなかったのだろう。関東大震災に遭遇した際、先生はこんなことを書いている。
「私は元来天変地異というものに非常な興味を持っていたので、私はこれに驚くよりもこれを心ゆく迄《まで》味わったといった方がよい……どんな具合に揺れるか知らんとそれを味わいつつ座っていて、ただその仕舞際《しまいぎわ》にチョット庭に出たら地震がすんだので、どうも呆気《あっけ》ない気がした……それを左程《さほど》覚えていないのがとても残念でたまらない……もう一度生きているうちにああいう地震に遇《あ》えないものかと思っている」

こんなことをいまSNSに発表したら大炎上確実である。よかったね、大正で。

そんな先生だけど、結婚することはできた。ほんとうは植物と結婚したかったのかもしれないが、残念ながら人間の奥さんを娶《めと》ったのである。

忘れていたが、先生は豊かであった実家の財産を消尽することで学問をする機会を得た。とはいえ、そんな金はいつかなくなる。仕方なく、先生は大学の助手の職を得た。そして、こんなことを書くのである。

「ダガ、昨日まで暖飽《だんぽう》（贅沢《ぜいたく》）な生活をして来た私が遽《にわ》かに毎月十五円とは、これには弱った。何分足りない、足りなきゃ借金が出来る、それから段々子供が生まれだし、驚く勿《なか》れ後には遂《つい》に十三人に及んだ。そして割合に給料があがらない……がそれでも上に媚びて給料の一円もあげて貰《もら》いたいと女々《めめ》しく勝手口から泣き込んで歎願に及んだ事は一度も無く、そんな事は苟《いやし》くも男子のする事では無いと一度も落胆はしなかった」

いや、先生、「驚く勿れ」って、自然に子供が産まれるわけないでしょ、っていうか植物と一緒にしてませんか。それから、給料がなくて家計をあずかる奥様が困っているのだから、一度くらい嘆願すりゃいいじゃないですか……。「らんまん」な夫を持つということは、こういうことなのかも。そこまで考えて、わたしは、もうひとりの「らんまん」な人を思い出したのである。偉大な博物学者、南方熊楠《みなかたくまぐす》だ。

熊楠先生は、慶応3（1867）年に和歌山で生まれた。牧野先生と同様に江戸時代末期の生まれである。そして、この人も幼い頃から、読書に耽溺する天才であった。そこも同じ。実家が大金持ちであったことも同じ。実家の金で研究していたが、やがてその金を打ち切られ貧乏暮らしになっていったことまで同じである。もしかしたら、生物を研究する天才学者には、そういう運命が待っているのかもしれない。

牧野先生は小学校中退であったが、熊楠先生は、ちゃんと東京帝大（正式にいうとその前半部分の「予備門」）まで行っている。同級生が夏目漱石というからすごい。ところが、熊楠先生は、ふつうの大学の授業がおもしろくなかった。そして、さっさと退学するといきなりアメリカ旅行へ出かけ、曲馬団の一員となったりしながら自由な研究生活に入るのである。

その後、熊楠先生は、動物と植物の両方の性質を持つ粘菌の研究で世界の権威となるのだが、先生はその該博な知識を18カ国語を駆使できる能力で身につけた。もちろんすべて独学独習である。山野を飛び歩いて植物を収集し、それを徹夜で顕微鏡で観察する。その合間に、大好きな酒を死ぬほど飲み、気が向くと、特技として有名になった「いつでもどこでもゲロが吐けること」を披露する。顰蹙をかうけれど、子どものように無邪気で憎めない、世界にその名を知られた在野の天才学者・熊楠先生。そんな「らんまん」な先生を周りの人びとは結婚させようとした。目をつけられた気の毒な女性は有名な神社の社司の娘、松枝さんである。そして結婚式。

『縛られた巨人　南方熊楠の生涯』（神坂次郎　新潮文庫）によれば、先生はこのように記している そうだ。

「喜多幅の媒介で妻を娶《めと》る。小生四十歳、妻は二十八歳。いずれもその歳《とし》まで女と男を知らざりしなり」

研究に忙しく、他のことをする暇がなかったのだ。さて、初夜の晩である。

「その新居で花嫁松枝が見たのは、部屋いっぱいに散乱する標本と埃《ほこり》をかぶって積みあげられたおびただしい洋書和本の山であった。空いている場所といえば、顕微鏡と書きかけの手紙をひろげた小さな机の前の、熊楠ひとりが坐《すわ》るところだけ……〈これが、新婚の初夜なのか〉松枝は、泣きたくなった」（前掲書）

ところがそれだけではなかった。初夜だというのに熊楠は顕微鏡に集中しなければならないと告げるのである。一人で寝る松枝。ん？　なんだか痒《かゆ》い。「あなた」と声をかけると、

「ああ、それは虱《しらみ》だ」

熊楠は当たり前のようにあっさり答えた。

結局「松枝の新婚第一日目の仕事は、この虱の煮沸《しゃふつ》であった」。

「らんまん」な夫を持つのは大変だ。

愛と昆虫と革命と

書く準備をしていて気づいたが、今回のタイトル、前回に引き続き『『らんまん』な夫たち・2』でもいいのかもしれない。というのも……。

おそらく日本でもっとも有名なアナキスト、いやもっとも有名な革命家といえば大杉栄だろう。有名な、というより、他の名前が出てこないのだ。ある意味で唯一無二の人である。政治や社会に詳しくない人でも「大杉栄」の名前なら知っていることが多い。なぜそんなことになったのか。そりゃもう、その生涯が華麗なスキャンダルに彩られていたからである。

大杉栄が生まれたのは1885年、明治18年だ。父は軍人で、本人も陸軍幼年学校に通っていたのに、ケンカ好きで退学。吃音《きつおん》にも悩んでいたが、19歳の頃社会主義に目覚めた。大杉の先生は有名な幸徳秋水だ。以降、デモを煽動《せんどう》し、集会で騒ぎ、何度も逮捕。逮捕されるたびに監獄で外国語を習得、「一犯一語」というスローガンを作った（なんだよそれ）。外国語が得意だったのだ。大杉栄をもっとも有名にしたのは「自由恋愛」を主張したことで、本妻の保子の他にジャーナリストの神近市子や作家の伊藤野枝とも正々堂々と交際。やがて神近に刺されて瀕死《ひんし》の重傷を負う。いわゆる「日蔭茶屋事件」である。さらに、アナキストの世界大会のために国外脱出したり、資金調達のため、当時の公安対策トップの内務大臣に「あんたらのせいで金がない、だからお金ください」と無心にいったり（しかもちゃっかりもらってる）したが、最後には、関東大震災の混乱のさなかパートナーの伊藤野枝と共に憲兵隊の甘粕正彦らに虐殺された。それが１０１年前。そのとき、大杉は38歳だった。映画になりそうな人生だが、ほんとうに何度も小説や映画の主人公になった。映画では細川俊之や風間杜夫、テレビでは永山瑛太等が演じている。要するに、カッコよかったのだ。伊藤野枝と暮らしたときには、生まれた子どもの世話を進んでやった。オムツも一生懸命洗ったそうだ。イクメンのハシリだったのである。モテるよな、それは。

そんな大杉栄は「ことばの人」でもあった。「文章がうまい革命家」ではなく「革命家になってしまった作家」だったのかもしれない。

「思想に自由あれ。しかしまた行為にも自由あれ。そして更にはまた動機にも自由あれ」
「階調はもはや美ではない。美はただ乱調にある。階調は偽りである。真はただ乱調にある」

なかなかすごいコピーライターではありませんか。世界の革命家の中でも屈指の言語力の持ち主だったのだ。そんな大杉には、短い人生にかかわらず名著といわれるものが何冊もあるが、一つだけあげろといわれると、『昆虫記』だろう。もちろん、あのファーブル先生の偉大な名著だが、なんと日本で最初に『昆虫記』を翻訳したのは大杉栄なのだ。ご存じでしたか？　わたしの手元にあるのは1922年に叢文閣というところから刊行されたものの復刻版（明石書店）だ。オリジナルは『昆虫記　Ｉ』（アンリ・ファブル著　大杉栄訳）となっていて、タイトルにもある通り、大杉は全巻を翻訳する予定だったが、この1巻を出しただけで虐殺され、その後を翻訳することはできなかったのである。

序文を読んでみると、「實は四五年前からファブルを讀みたいと思つてゐたんだが、暫く獄中生活をしなかつたので、其のひまがなかつた」なんてことが書いてある。大杉は捕まって監獄に入る度に「さあ次は何を読み、何を訳そうかな」と考えていたそうだ。ほんとにポジティブ。なにしろ、独房にぶちこまれてじっくり中を観察して、狭い三畳ほどの部屋なのに、トイレもあるし、電灯もけっこう明るいので、最初に出たことばが、「これなら上等だ。コンフォルテブル・エンド・コンヴェニエント・シンプル・ライフ！」（『大杉栄自叙伝』岩波文庫）なのである。もうＣＭじゃないんだから。

そんな大杉はいったいなぜファーブルの『昆虫記』に惚《ほ》れこんでしまったのか。

大杉の序文にはこんな一節もある。

「ファブルの生涯は、彼れが長い間文字通り一緒に生活した其の昆虫の記録の中に、即ち

『昆虫記』の中に、あちこちに織りこまれてゐる。彼れは昆虫を語りながら同時に彼れ自身をも語らなければならない程、其の生活が互に入り混つてゐたのだ」

また大杉は、ファーブルを誉め称える作家たちのことばを数多く引用した後、いちばん気に入っているのはこれだ、とエドモン・ロスタンのことばを紹介している。

「此の大科學者は、哲學者のやうに考へ、美術家のやうに見、そして詩人のやうに感じ且つ書く」

大杉栄は、『昆虫記』の中に、というかその作者であるアンリ・ファーブルに、自分と同じなにかを強く感じたのだと思う。分野はまったく異なるにもかかわらず、ふたりには共通するものが多かったのだ。

さて、大杉訳の『昆虫記』、わたしはたいへんな名訳だと思うのだが、その冒頭部分は、こうなっている。

「それはこんな顚末であつた。私達は五人か六人かゐた。私は一番年長で、皆んなの頭ではあるが、それよりももつと皆んなの仲間であり友達であつた。皆んなは熱情のこもつた、にここにこした空想に充ちた、そして知識慾を湧き立たせる青春の血の漲つた、青年であつた。みち〳〵いろんなお饒舌りをしながら、接骨子《にはとこ》や山楂子《さんざし》が縁どつてゐる小徑を歩いて行つた。そこにはもうはなむぐりが、それらの繖房花の上で、苦い香りに酔つてゐた……それから又、いやもうこれで止さう。そして一言に云へば、虫けら共と一緒に暮らすのを非常な喜びとする單純で無邪氣な人間共である私達は、春の生の眼ざめと云ふ、筆紙には盡すことの出來ない饗宴《うたげ》に一と朝をすごしに行つたのだ」

『昆虫記』の冒頭に書かれているのは、昆虫の生態ではなく、若者の生態だった。なにか一つのものに熱狂している、とりつかれた若者たちが何人も集団で歩き回っている。それは、どんな人間にもあることだろう。もしかしたら、人としての喜びでもっとも大きいものなのかもしれない。けれど、若者はやがて大人になり、そんな熱狂から離れてゆく。ごく一部の、大人になりきれない者たちを除いては。

昆虫に熱狂するファーブルも、前々回紹介した、植物に熱狂する牧野富太郎も、同じ種族の「生きもの」だった。大杉栄もそんな種族の一人だったのだ。政治であるとか科学であることに関係なく、そんなことより大切なものがあったのである。大杉や牧野やファーブルにとって、社会で蠢《うごめ》く人びとも虫や植物のように見えたのかもしれない。大切な恋人でさえも。

植物状態

よく考えてみると「植物状態」というのはおかしなことばだ。植物というものはいつも「植物状態」なので、あえてそうはいわない。もしかしたら、人間以外の動物でもそういうことばを使うのかもしれないし、そういう状態になっている人間以外の動物もいるのかもしれないが、残念ながら、いままで見聞きした記憶はない。

一般的に使われる「植物状態」ということばの意味は、まだ生きているのに、意識はなく、なんの反応もしない人間のことをいうようだ。

このことばからは、「動物」であった人間が「植物」のような下等な存在にまで落ちてしまった、というニュアンスが感じられて、微妙な気分になってしまう。最近連続して登場している、植物を人間と同等に愛した、というかあきらかに同等の存在として認めている牧野富太郎センセイなら怒ってしまうにちがいない。

2023年の三島由紀夫賞を受賞した朝比奈秋さんの『植物少女』（朝日新聞出版）は、そんな「植物状態」の人間をテーマに描いた小説だ。朝比奈さんは現役の医者でもあり、描写も正確で、ほんとうにいろいろ考えさせられた。

主人公の「わたし」の母親は、「わたし」を産んだとき、脳出血をおこし、以来、「植物状態」になったまま病院生活をおくっている。25歳で「わたし」を産んだ母親、それから25年たって、「わたし」は結婚し子どもを産む。なにかが一周した感じがする。それから1年後、癌《がん》になって母親は死んでしまう。そこが冒頭のシーンだ。

ということは、「植物状態」だったのは母親だったわけで、タイトルの「植物少女」とはいったい誰のことをいっているのか、ちょっと謎だが、そのことは少しおいて、先に行こう。

「植物状態」の人間は、まったく動きがないと思われているかもしれない。実はわたしもなんとなくそう思っていた。しかし、この小説では、そうではない。脳出血のため、大脳のほとんどが壊死《えし》してしまった母親は、生命活動を掌《つかさど》る脳幹の部分は損傷していなかった。だから、外から見れば「活発な」動きをするのである。

「『あぁ、まだ噛《か》んじゃだめぇ。スプーン入ってるから』
母はカツカツとスプーンごと噛みだし、慌てて佐藤さんはスプーンを口から引っこ抜く」
母親だけではない、その病室に収容された患者はみんな同じように反応するのである。
「普段ベッドの上でほとんど動きのない五人の人間は、まるで名画の中の人物みたいだった。芸術家によって、生きながらも病室の一コマに固定された五人、そんな人々が食事の時間だけは魔法が解けたように動きだしていた。

みんな、顎だけを熱心に動かしている。むしゃむしゃというせわしない咀嚼音と、定期的にゴクンと響く嚥下音」

そうやって何十年も「植物状態」で「生き」つづける患者たち。食べるだけではなく、ときにくしゃみをする。目も開けるし、咳《せき》払いをしたり、意味不明の声も出す。でも、それらはみんな、「単なる生理的な反射」なのだ。主人公は母親の耳にピアッサーで穴を開ける。するとその瞬間「母の右手が飛んできて、ピアッサーが振り払われる」。それでも、その人間は「植物」のようなものなのだ。

そして「わたし」は考える。「わたし」はふだんどうやって生きているのか。「頭が真っ白になって何も考えられなくなって、胸も空っぽになって何も思わなくなって、ただ呼吸だけが続く」ときがある。「存在しているという確かな感覚」だけのときがある。ただ生きているという感覚だ。

「何も思うことができない母は、もしかしたら、こんな生の連続に生きているのではないか」一瞬、「わたし」は、「植物状態」の母親こそ、そんな充実した「生の連続」を生きているのではないかと感じるのである。

ふだんわたしたちは、あまりに忙しい。やることが多すぎる。だから、「生きている」ということがどういう「感じ」なのかわからなくなっている、というのだ。

いまあげた「植物状態」が、「からだは動く」が「意識はない」状態なのだとしたら、まったく逆に、「からだは動かない」が「意識はある」状態がある。この典型が「**ロックトイン・シンドローム**（**閉じ込め症候群**）」だ。身体の筋肉が徐々に萎縮するALS（筋萎縮性側索硬化症）の患者さんも、病状が進行してゆくゆくはそうなっていくらしい。まったく切ない。わたしの知人に、ALSではなく別の病気でやはり身体が動かなくなってゆき、最後には「閉じ込め」の状態になった人がいた。面会することもかなわず、近親者の計らいで知人たちとビデオメッセージを送れただけだった。どう話せばいいのか、わたしは窮した。もう一つ、何十年も「植物状態」とされ、寝たきりのまま放置されてきた患者の脳波をとったところ、その患者さんがちゃんと意識活動をしていることがわかった、という記事を読んだ覚えがある。「閉じ込め」もおそろしいが、「閉じ込め」られていることに誰も気づかないことはさらに痛ましい。それは医療記事だったが、その後どうなったかについては詳しく書いてはいなかったように思う。

そんな「ロックトイン・シンドローム」をテーマにした映画が『**潜水服は蝶の夢を見る**』だ。これは実話がもとになっていて、同名の作品が講談社から刊行されている。ファッション誌『ELLE』の編集長として、人生の絶頂にあったジャン＝ドミニク・ボビーは、ある日、脳梗塞《こうそく》で倒れる。数週間後、意識を取り戻したとき、ジャン＝ドミニクは、自分が「閉じ込め」られていることに気づくのである。身体の自由はほぼすべてなくなり、唯一動くのは左目だけ。その、動く左目を使って、言語療法士アンリエットはコミュニケーションをとるやり方を教える。瞬き1回でイエス、瞬き2回でノー。そして、アンリエットがフランス語の文字をすべて順番に発音し、それに対してイエス、ノーで答えることで文章を作れることを。最初のうち、絶望していたジャン＝ドミニクは、やがて、左目だけで「自伝」を語り始めるのだ。

映画のコピーには「20万回の瞬きで自伝を綴った」とあるのだが、同じ書き手として、信じられない思いがする。ジャン＝ドミニクは、専属の「書き手」というか「読みとり手」を雇って「執筆」するのだが、想像を絶するくらいたいへんだっただろう。もっとも、自身の状態も想像を絶していたわけだが。

なにもなくてもジャン＝ドミニクには記憶と想像力があった。それが彼を最後まで支えた。動けない彼が見る想像の世界の映像がほんとうに美しい。ジャン＝ドミニクは本の出版の数日後に亡くなったそうだ。

生きて、動けて、しゃべれる。それがどれほど素晴らしいことなのか、わたしたちは失うまで知らないのである。

子どもの時間

ASMR（Autonomous Sensory Meridian Response）というものをご存じだろうか。少し前に流行語になったらしいので（わたしは知りませんでした）、「ああ、あれね」と思われる方も多いかもしれない。

先日のことである。リビングに行くと、息子がソファに腰かけて、テレビ画面を見つめていた。若い女性がひたすらなにかを食べている。ドラマ？　料理番組？　わからない。わたしは息子の横に座って画面を見つめることにした。画面ではあいかわらず女性がなにかを食べている。3分経過。まだずっと食べている。さらに3分経過。そこまでたどり着いて、わたしはようやく息子に訊ねることにした。

「これ、なに？」

すると、息子はあっさりこういった。

「いわゆるASMR」

「ASMR……えっと、それって、焚《た》き火の音とか、波の音とか、虫の音を聴いて安らいだ気持ちになるってやつじゃなかったっけ」

「うん、そういうのもあるけど、いまはこっち系が多いんだよ」
それが、わたしと「こっち系」ASMRとの遭遇の瞬間だった。

ASMRは直訳すると「自律感覚絶頂反応」……といってもなんのことだかわからない。だが、別の言い方に「脳のオーガズム」があるといえば、なんとなく理解できるかもしれない。なにかを聴いて（ときには「見て」）、その刺激で「ゾワッと」した感覚になる。それをASMRというのである。とはいえ「ゾワッと」なんて感覚は超主観的で、どんなものがそれを誘発するのかははっきりしない。「良質の睡眠」が得られるというASMR（わたしは「そっち」系しか知らなかった）と、「脳のオーガズム」と呼ばれるものではかなり趣が異なる。けれども、共通するものもある。それはいったいなんだろうか。なにか大切なことが、そこにはあるような気がする。ここしばらく、動画サイトのASMRチャンネルをさまよいながら、わたしはそんなことをずっと考えていた。

『脳がゾクゾクする不思議　ASMRを科学する』（仲谷正史・山田真司・近藤洋史　岩波書店）には、ASMRと目されるコンテンツの始まりについて、こう書いてある。
「2009年3月、『ささやき1―やあ（Whisper 1-hello）』と題されたユーチューブ動画がイギリスの若い女性によって投稿されました……ASMRコンテンツをつくるクリエイターたちの先駆けとなったのです」

驚くべきことに（いや当然なのかもしれないが）、その動画はいまでも観ることができて、もちろん、わたしは観た。そして驚いた。そこには、いまＡＳＭＲコンテンツとされる無数の動画の特徴がすでにはっきりと存在していたのだ。全編でわずか1分46秒、画面は最初から最後まで真っ暗で、ただ囁《ささや》く声だけが聞こえてくる。耳を澄まさなければ聴くことができない小さな声だ。まるですぐそばで恋人が囁くように、あるいは赤ん坊の耳もとで母親が囁くように、その声は囁くのである。添えられた作者のコメントの中に〔No haters please〕という一節がある。憎しみのことばを吐く人は近寄らないで、という意味だろうか。当時もいまも、おそらくこれからも、どんな場所にも大声で罵声を飛ばす人たちがいる。それに対抗するために、ひっそりと「囁く」ことから始めた人がいた。それが、ＡＳＭＲの始まりだったのだ。

「ＡＳＭＲ」で検索すると「ＡＳＭＲ　咀嚼《そしやく》音」「ＡＳＭＲ　食べもの」「ＡＳＭＲ　飲み物」「ＡＳＭＲ　睡眠」「ＡＳＭＲ　韓国」「ＡＳＭＲ　囁き声　ゾワゾワ」等が上位に出てくる。「焚き火」や「風」や「波」は影も形もない。検索で出てくるチャンネルの多くは「食」に関するものだ。しかし「食」といっても、ふつうに「食べる」ものに関するチャンネルには出てこないものばかり。中でも、代表的といわれるのが次に挙げるものだ。

「原宿系ＹｏｕＴｕｂｅｒのしなこ」のチャンネルではお菓子を食べつづける。「青色のスイーツの咀嚼音」と題された回（この原稿の執筆時点（２０２３年）で再生回数１４１３万回）では、30分間文字通りブルーのスイーツを食べるだけだ。ソーダ味のチョコボール、ブルーのマシュマロ、ブルーハワイ味のラムネ、ブルーのなんだかよくわからない硬い、あるいは軟らかいスイーツ。「しなこちゃん」はブルー（&パープル）の髪でブルーの服、そしてほとんど無言で、画面中央の高性能マイクに向かって「咀嚼音」を吐きつづけるのである。ただそれだけ。「おもしろいよ」とＡＳＭＲに詳しい友人に教えられ、これを初めて観た（「聴いた」?）とき、正直にいって「こんなのがおもしろいの?」と思った。だが、あっという間に引きずりこまれている自分に気づいてびっくりしたのである。なにがすごいといって、マイクが拾ってくる音の生々しさだ。ラムネの蓋《ふた》をとる音がすでに新鮮なのである。そして、そのラムネをガラスの器にこぼし、転がるときの音。口に入れ、「カキン」と噛み砕く音から始まって、口の中から聞こえてくる「咀嚼音」のバラエティーの豊かさにひたすら驚く。番組中でもっとも高揚するのは「パチパチパニック!」が口の中で「爆《は》ぜつづける」、やや金属的なその爆発音が聞こえてくるときだろうか。ブルー一色の世界の中で唯一、真っ赤なリップで塗られた「しなこちゃん」の唇が鮮烈だ。そして、彼女は、食べつづけて口紅の色が薄くなると、途中で何度も繰り返しリップを塗るのである。

『LESA　ASMR』の「レサさん」の１７４０万回再生された「【咀嚼音】琥珀糖、氷、スノーボールマシュマロケーキ、キャンディゼリーを食べる」も、同じように青いスイーツをおよそ11分にわたって食べつづけるだけの動画だ。齧《かじ》る音、砕く音、噛む音、唾液と混じり攪拌《かくはん》される音、呑みこむ音が延々とつづく。「レサさん」は顔を現さない。画面に見えるのは、顔の下半分、口の部分だけ。もちろんリップはきっちり塗られている。ことばはなく、その代わり、画面に説明のテロップが流れるのである。

「咀嚼音」だけでもASMRの世界は広い。ブルーのスイーツを食べる動画はやたらとあってあのHIKAKINまでやっている（!）。

わたしは果てしなくつづく、その「咀嚼」の世界を観ながら、これは知っている光景ではないかと思った。あの強烈なブルーの色素で染めあげられた食べものたち。あれはわたしたちが幼い頃食べた「駄菓子」そのものだ。わたしたちは、駄菓子屋の店先でそれを買い、舌をブルーやピンクに染め、親に叱られたのである。

栄養などまったくなさそうで、どう考えても身体に悪そうな食べものを延々と食べる動画を、どうしてわたしたちは観たがるのだろう。舌を派手な色に染め、嬉々《きき》として「咀嚼音」を聴かせてくれるASMRの作り手たち。そこには、失われた「**子どもの時間**」がある。そして、憎しみのことばを投げ合うオトナたちに、「No haters please」といっているのである。

1930年のASK48

現在のアイドルグループの原型ともいえるAKB48には、実は先祖ともいえるグループがあった。1930年頃に存在したそのグループとはASK（浅草）48である……という「アレ」の話をする前に、いつものように、まず「これ」について先に書いてみたい。

「これ」とは、噂のアニメ、いま（2023年）もっとも人気があるといわれている『**【推しの子】**』（©赤坂アカ×横槍メンゴ／集英社・【推しの子】製作委員会）である。というか、原作はマンガでこちらも現在連載中（原作も素晴らしいと力説している妻から、マンガを借りたのでさっそく読むつもりだ）。

最初、『唖の子』と聞き違えて、どんな物語なのかと心配したのだが、いま「オシ」といえば「推し」以外には考えられませんよね。

2、3日かけてゆっくり観ようと思って観始めたら、それどころではない。第1話の拡大版・1時間30分から最新の第9話まで一気観してしまい、気がついたら朝になっていたのだ。

いやあ、ほんとにおもしろかったです。

さて、どんな物語なのか。ひとことでいうと「芸能界・転生ミステリー」だ。

田舎の産婦人科医「ゴロー」は、自分が担当していた、12歳で亡くなった患者「さりな」の影響で、彼女の「推し」アイドル、「B小町」というグループのセンターである「アイ」のファンになる。というか、いつの間にかアイドルオタクになっていた。ある日、活動休止していた16歳の「アイ」が妊婦としてやって来る。もちろんすべては秘密だ。「アイ」が自分の「推し」であることも。ところが、「アイ」が出産する日、「ゴロー」は「アイ」のストーカー「リョースケ」に殺されてしまう。遠ざかる意識……次に気づいたときには、なんと「ゴロー」は「アイ」の産んだ双子の片割れとして転生し、星野愛久愛海《あくあまりん》（アクア）となっていたのだ。ちなみに、双子のもうひとり、妹の瑠美衣《るびい》（ルビー）は、実は「さりな」の転生した存在なのだが、お互いに相手が誰から転生したかは知らないまま育ってゆくのである。やがてふたりは成長し、「アイ」は、その双子の存在を隠したまま、アイドルとして絶頂を迎えようとしていた。だが、「ゴロー」を殺したストーカーが今度は「アイ」を襲う。刺されても、許そうとする「アイ」の姿を見て、ストーカーは自殺し、「アイ」も絶命する。その血まみれの惨劇を目撃した「アクア」は、この凄惨《せいさん》な事件の背景には、「アイ」が最後まで黙っていた、彼らの実父がいるのではないかと考えた。そして、復讐のために、芸能界のどこかに潜んでいる「父親」を探す旅に出かける……というのが、粗筋《あらすじ》ということになるだろう。

ここから先は、母親の「アイ」のようなアイドルになりたい「ルビー」と、母殺しの真の犯人を追いかける「アクア」のふたりが、それぞれの目的で芸能界へ入りこんでゆき、あちこちで事件が起こることになる。そこで詳しく描かれるのが、芸能界の「裏側」だ。アイドルたちの実情や恋愛リアリティーショーの作られ方から、SNSとテレビの関係まで、実に細かく描かれていて飽きさせない。

アニメ版では、現在、妹の「ルビー」が、母親の死後、解散（?）していたグループを復活させ、新生「B小町」のメンバーとして活躍し始めたところ。芸能界の中心は、というか、時代の中心は、やはりアイドルグループなのだろうか。

というわけで、いまもっとも人気の、このアニメ（とマンガ）『【推しの子】』、なにかに似てるんだよなと思った。ざっと思いつくだけでも、マンガなら、伝説の『ガラスの仮面』（『【推しの子】』では「あかねちゃん」が、マヤっぽいです）、『はるか17』（山崎紗也夏《さやか》さんの作品ではいちばん好き）、『NANA』（あまりにも有名、でも音楽もの?）、『BECK』（これも音楽ものか）、『はじめちゃんが一番!』（これは完全にアイドルマンガ）等々、枚挙にいとまがない。小説だって、加藤シゲアキさんの『ピンクとグレー』（わたしのラジオ番組で取り上げた）、綿矢りささんの『夢を与える』（これは書評しました、傑作だと思います）、林真理子さんの『RURIKO』（ドキュメンタリー小説、甘粕正彦が出てくる）、恩田陸さんの『チョコレートコスモス』（『ガラスの仮面』っぽい）、古いところでは、栗本薫さんの『真夜中の天使』（芸能界ものというよりBLの元祖かも）等々、こちらもきりがない。だが、ほんとうの「アレ」は、さらにもっと過去に存在していたのだ。なんと、およそ90年以上も前に！

それは、川端康成の『浅草紅団《くれないだん》』（講談社文芸文庫）である。『浅草紅団』は、川端康成が書いたもっとも奇怪な小説だった。舞台は、関東大震災からおよそ5年後の浅草。当時、日本の芸能やアンダーグラウンド文化の中心は、新宿や渋谷ではなく浅草だったのだ。小説タイトルにもなっている「浅草紅団」は、浅草の路上をさすらう不良集団のチーム名で、いまでいうなら「ASK（浅草）48」ってところだろうか。ウィキペディアには英訳も載っていて、〈The Scarlet Gang of Asakusa〉となっている。いま書いていて気がついたのだが、彼らは、『池袋ウエストゲートパーク』にも出てくるカラーギャングたち（ブルーとレッドをチームの色にしている）の先祖でもあったのだ。

震災で壊滅した帝都・東京。中でも、文化的な中心だった浅草は不死鳥のように、けれども妖しく甦《よみがえ》る。浅草公園を中心に「エロ」「グロ」な芝居やレビューが集まり、外国人観光客が行列を作り、家出少年少女がたむろし、ホームレスや娼婦たちが蠢《うごめ》く。そんな雑踏の中を闊歩《かっぽ》してゆくのが、街のギャングたち。その一つ「浅草紅団」のリーダー「弓子」に誘われるように「私（川端康成）」は、地獄巡りの旅に出る。ちなみに、「浅草紅団」の団員たちは、いつか「くれない座」という劇団を組織して、誰も見たことのないような舞台を作ることを夢見ている、「芸能界」志望の不良グループなのである。そのセンターである「弓子」は、少年に変装しているときは「明公」と名乗り、バイセクシュアルな雰囲気を醸しだす。「紅団」の他にも「赤帯会」に「黒帯会」といったチームとしのぎをけずりながら、少年少女たちは、浅草の路上を走りつづける。ここには、池袋のカラーギャングの、AKB48の、朝まで公園の周りをうろつき、時には客をとる「トー横キッズ」の先祖たちもいる。川端は、そんな浅草について、添田啞蟬坊《そえだあぜんぼう》のこんなことばを引用している。

「浅草は万人の浅草である。浅草には、あらゆるものが生《なま》のままほうりだされている。人間のいろんな慾望が、裸のまま踊っている。あらゆる階級、人種をごった混ぜにした大きな流れ。明けても暮れても果しのない、底の知れない流れである。浅草は生きている。——大衆は刻々に歩む。その大衆の浅草は常に一切のものの古い型を溶かしては、新しい型に変える鋳物《いもの》場だ」

そんな浅草を愛した川端康成、『【推しの子】』を観たら、さぞ喜んだことだろう。

情報非公開

宮﨑駿監督の『君たちはどう生きるか』を観た。公開2日目の15日の夕方、長男（18歳）が「ジブリの新作、公開されたよね。パパ、観るでしょ?」といった。「もちろん」とわたしは答えた。「これから観に行こうかと思ってたところ」と。すると、長男がこういった。

「じゃあ、ぼくも行く!」

そういうわけで、我々は辻堂の映画館までレイトショーを観に行ったのである。ご存じのように、『君たち』は「一切宣伝をしない」というか「一切情報を出さない」方針を貫いていた。そのため、宮﨑作品を「必ず初日の1回目に観る」ことに決めていたファンのわたしですら、公開が7月14日であることを知ったのは前日だったのである(!)。いや、「確か7月公開だったよな」とは思っていたが、ここまで情報非公開とは、ほんとうに驚いた。

レイトショーのチケットを予約したのは夕方5時。その段階ですでに前方の数列を除く観客席はほぼ埋まっていた。わたしと息子は最後列、それも離れた席だった。

観終わって映画館を出ると、辻堂駅からの上りの最終電車は10分ほど前に出たあとだった。そりゃないよね……。仕方なく、駅前からタクシーに乗って戻ることにした。その帰りの夕クシーの中で、上映中からずっと無言だった長男に訊ねてみた。

「どうだった？」

「……すっごく良かった……」

「うん、パパもね」


さて、『君たち』について書きたいことはたくさんあるが、ここでは作品の中身や内容ではなく、その「外側」について考えてみたい。

「一切情報を出さない」という、『君たち』の方針がどのような結果を生み出すのか、執筆時点（2023年7月16日）ではわからない。実は、わたしがいつも通っている「109シネマズ湘南」（辻堂駅前）の予約状況を見てみたのである。初日はあまり入っていない感じがした。ところが、わたしが観た2日目以降、急に予約が入り始めた。わたしのようなジブリ（宮﨑監督）のファンですら、14日が公開初日であることを直前まで知らなかったのではないか。だから、2日目以降、SNSに『君たち』の情報がアップされるようになって、一斉に映画館に駆けつけたのかもしれない。『君たち』への反応はまさに真っ二つに割れていたが、おもしろかったのは、それでも観客は、制作者との「約束」を守り、律儀に内容を明かさないようにしていたことだ。だから、「内容」がわからないまま、『君たち』に関する膨大なコメントが様々な場所で流れた。これまでのジブリの作品よりも「取り上げられる」機会は多くなったようにさえ見える。その意味では、「情報非公開」というギャンブルは、いまのところ成功したように思える。

そして、もう一つ。『君たち』が今回試みた、作品内容に関する徹底した「情報非公開」は、我々観客にとってこそ素晴らしいことだと思った。もしかしたら、それは作品そのものよりも価値があることなのかもしれなかった。


わたしが小さい頃、新作映画を観るとき、情報はほとんどなかった。映画館で上映される予告編が唯一で、それさえないこともあった。もしかしたら、大人たちには、情報を得る手段があったかもしれない。けれども、子どものわたしたちは、いつも映画館に出かけて「初めて」それを観るしかなかった。だからこそ、それはほんとうに心を揺るがす「経験」になったのだ。

なにも情報がないのだから、それを直接観ることから始めるしかなかった。いまはちがう。あらゆるものが、すさまじい量の事前情報と共に、わたしたちの前に現れる。以前、「コスパ」や「タイパ」について書いたが、その作品そのものではなく、その作品についての「情報」を知ることの方が大切だと考える人間が増えた。

小説だってそうだ。いま「話題の」新作の新聞広告では内容が詳しく説明される。そればかりではない、推薦者や「書店員」の「感想」がそこにはちりばめられている。その作品を読む前に、どんな「感想」を持つべきなのかという「情報」すら流されるのである。

「読書メーター」や「アマゾンレビュー」を見れば、内容も感想もいくらでも「情報」として取り出すことができる。いや、読んだ気にさえなることができるかもしれない。だが、そこでは、「不意打ちの出会い」というかけがえのない経験をすることだけはできないのである。

『君たちはどう生きるか』の公開日の翌々日の日曜日、「この夏、テレビドラマ界最大の話題作」『VIVANT』（TBS系列）が始まった。このドラマの特徴も、出演する役者の名前（堺雅人、阿部寛、役所広司、二階堂ふみ等《ら》）と番組タイトル以外、中身の情報がないことだった。

　わたしは久しぶりに連続ドラマの1回目を観た。どんな内容のものなのかさっぱりわからないまま。おもしろかった。すごくね。息もつかせぬ展開の速さ、アクション。なによりおもしろいのは、このドラマ、タイトルの『VIVANT』そのものの正体を探ることがテーマらしいことだ。

「純文学書き下ろし特別作品」は、新潮社が始めた長編小説の書き下ろしシリーズだった。第1回配本が1961年の石川達三『充たされた生活』だった。この頃、わたしはまだ文学少年ではなかった。わたしが初めて発売日に手にしたのは64年の大江健三郎『個人的な体験』だった。早熟な文学少年が多かったわたしの周りでは「オオエケンザブロウの書き下ろし長編が出る！」という、ただそれだけの情報で、みんなが熱に浮かされたように、その本の話をしていた。わたしも読んだはずだが、どう思ったのかは覚えていない。そのシリーズで自覚的に買った最初の本は67年の安部公房『燃えつきた地図』だった。その「伝説の安部公房の最新作」を、おしいただくようにわたしは読んだ。1頁目を開くときの緊張をまだわたしは覚えている。「とんでもない傑作かもしれない。そうでないかもしれない。目の前にある『それ』を、自分の目で確かめるのだ」。そんなことを考えながら、読んだ。そもそも自分にきちんとした感想が浮かぶだろうかと不安になりながら。

「情報非公開」だった頃、わたしはいつも不安だった。新しい「それ」を、自分は理解できないのではないか、どう咀嚼《そしゃく》すればいいのか見当もつかないのではないか。そう思っていた。けれど、それこそが、新しいものと出会うときのいちばん大きな喜びだったのだ。その作品を読むのではなく、自分こそがその作品に「読まれている」ような不安こそが。

かつて、子どもたちは「情報非公開」のまま、新しい作品に接することができた。いまはどうなのだろう。

そうか。『君たちはどう生きるか』は、映画館に入る前に、まずわたしたちをかつての子どもたちにしてくれることから始める作品だったのか。

誰も知らない

『問題の女　本荘幽蘭伝《ほんじょうゆうらん》』（平山亜佐子　平凡社）を読んで、いろいろ考えさせられた。
「本荘幽蘭（本名は本荘久代）」といっても、知っている読者はほとんどいないのではないかと思う。確かに、わたしが知らないだけで、実際には意外と多数に知られている人物もいる。けれど、この「本荘幽蘭」に関しては、多数の文筆関係者に問い合わせてみたが、知る人はいなかったのである。

「本荘幽蘭――今、この名前を聞いてピンとくる人はめったにいないが、百年前の東京で道行く人に尋ねたら、相当数が知っていると答えたに違いない。明治四〇年前後の一時期、『読売新聞』『報知新聞』『やまと新聞』『二六新聞』『都新聞』『九州日報』などでは幽蘭の動向がしきりに伝えられた……同時代の有名人、例えば女優の松井須磨子や世界的オペラ歌手の三浦環らと肩を並べて演劇欄や雑報欄をたびたび賑わせていたのが、本荘幽蘭なのである」

ネットもテレビもなかった100年前、ゴシップはみんな新聞から来た。逆にいうと、当時の新聞はネットやテレビの役割も果たしていたのである。「松井須磨子」や「三浦環」の名前は、近代日本史を少しでもかじっていれば、見覚えがある。しかし「本荘幽蘭」は誰も知らない。では、どんな人、いや女性だったのか。

「わかっているだけで七社の新聞記者、救世軍兵士、保険外交員、喫茶店オーナー、ホテルオーナー、辻占いの豆売り、在日欧米人の日本語教師、外妾《ラシャメン》、活動弁士、講談師、浪花節語り、劇団の座長、尼僧など数十の職業に就いており、ついでに言えば生涯五〇人近い夫を持ち、一二〇人以上の男性と関係、『錦蘭帳』と称する手帳には関係した男性や今後関係したい男性の名を記していたという」

すごいですね……「今後関係したい男性の名」とか（笑）。おそらく、現在、「本荘幽蘭」さんが生きていても相当話題になったのではないだろうか。しかも、この人、女性の権利が奪われていた明治時代生まれ（明治12年）、「いわゆる良妻賢母教育時代に育った女性」なのだから、ほんとうにびっくりだ。そんな「幽蘭」さんについて、「医師で作家の高田義一郎」という人がこんなことを書いているそうだ。

「幽蘭女史は、早くから天下に卒先して洋装をもしたし、断髪もした。共同生活もすれば、愛の巣をも営み、又若い燕を養った事も、三角関係を起した事もある。各種の職業婦人として活躍もしたし、口も達者なれば、文章も下手ではなく、演説は最も得意で、寧ろこれが禍して失業した位の域に達して居たのである。（中略）特に流行に追われてするのでなしに、独創的に世評に超越したモダーン振りは、何者をも敬服させずに置かないものがあるではないか。而してその断髪に至っては、尼になった事が幾度もある位だから、実に之こそ毛断ガールの真髄を摑んだものと云わなければなるまい」

とまあ冗談にされるほど「モダンガール」の先駆者だったのである。

最初にも書いたが、当時一世を風靡《ふうび》した「幽蘭」さんが、歴史の中に消え去った理由は、いくつも考えられる。女性といえば結婚して家庭に入るのが当たり前と考えられていた超男性優位社会で、およそ「女性のあるべき姿」の正反対ばかり追求して、世間の顰蹙《ひんしゅく》をかったからというのが実情だろう。

ほぼ同時代に、日本のフェミニズムの元祖雑誌『青鞜』が発刊されたが、たとえば恋愛遍歴に関していうなら、「幽蘭」女史の足元にも及ばない。彼女に対して世間が投げつけた名前は「モダンガール」ではなく「妖婦」「狂女」「淫婦《いんぷ》」という蔑称だった。『青鞜』の女たちは本を残した。それは記録になり、社会の記憶になった。けれども、時代の最先端を突っ走った「幽蘭」さんは、断片的な記事や文章以外にはほとんど何も残さなかった。だから、当時の人びとの記憶には残ったが、彼らが消え去ると、彼女の記憶も同時に消え失《う》せてしまったのである。

もしかしたら、「幽蘭」さんは、いまでいう「インフルエンサー」、数百万の登録者を持つユーチューバーみたいな存在だったのかもしれない。次々とアップする動画で世間を騒然とさせ、社会を煽動《せんどう》することが生きがいの女。いずれにせよ、「幽蘭」さんは100年早かったのだ。

『問題の女』の最後で、著者の平山さんはこう書いている。

「こんな人は教科書に載らないし、大河ドラマの主役にも選ばれない。国家や社会に、あるいは科学や文明の発展になんら寄与していないからだ。では、何も成していない人の人生は見るに値しないのであろうか。いや、そんなはずはない。何も成していない人の評伝があってもいいではないか。人生とは、何かを成すことで完成するものではなく、一瞬一瞬の積み重ねがすべてである」

平山さんのいいたいことはこの文章に尽きているように思えた。まことに同感。これ以上、大河ドラマで「信長」や「家康」を観たくない。みなさんもそう思われたことはないだろうか。「また、信長?」とか「また、龍馬?」とか。なぜか、歴史に出てくるのは有名人ばかりだ。しかも、多くは男性で、最多登場回数を誇るのは、たぶん戦争で勝った王様だ。歴史の本というものが、そのように書かれているせいなのかもしれないが。なんか不公平だよね。

『記録を残さなかった男の歴史―ある木靴職人の世界 1798―1876』(アラン・コルバン著 渡辺響子訳 藤原書店)を読んだのは前の世紀の終わり頃だった。大事件や高名な人物中心の歴史ではなく、民衆の生活や文化から歴史が生まれると考えた「アナール学派」と呼ばれる歴史学派の代表作だ。著者のコルバンは「高名な人物」とはもっともかけ離れた人間を主役に選んだ。ルイ=フランソワ・ピナゴは、1798年6月20日に生まれ、1876年1月31日に亡くなった。わかっているのはほぼそれだけ。この人物をどうやって見つけたのか。コルバンは、自分の生まれ故郷の古文書を選び、その中の一つの自治体の戸籍台帳を適当に開き「偶然に」2つの名前を選び出し、そのうち、長生きの方の名前を選んだ。それがルイ=フランソワ・ピナゴだった。78年生きた、「文盲」の木靴職人。記録に残るような事件も皆無。そんな人間についての(邦訳で)350頁を超える伝記なのである。それがどのようなものなのか、あえて感想は書かない。だが、コルバンも平山さんと同じように「何も成していない人の人生は見るに値しないのであろうか」と思ったにちがいない。それは我々みんなの胸のうちに住んでいるはずのことばなのだ。

独りでゆけ、特別であれ!!

選挙になると、「泡沫候補《ほうまつ》」ということばが使われる。「泡のような候補」だ。風が吹けば飛んでしまうような、当選することなど考えられない、無名・無組織の候補のことである。よく考えてみれば（よく考えなくても）、失礼なことばだ。

フリーランス・ライターの畠山理仁《みちよし》さんは、そんな現状を憂い、彼らを「無頼系独立候補」と呼び、彼らを深く研究するようになった。そして発見したのである。彼らこそが、真に社会を憂い、一身を犠牲にしても選挙という場に出陣する人々だということが。

たとえば「マック赤坂」（本名は「戸並誠」さん）は、もっとも有名な「無頼系独立候補」の一人だろう。彼は「スマイル党」を設立し、世界中の人びとに「スマイル」を実現してもらうことで、世界平和を実現しようとした。何度選挙で敗れても「マック赤坂」は挑戦しつづけた。たとえば、『『スマイルセラピー』を提唱しているマック赤坂』という人物を認識してもらうために、エアロビクスの格好でスマイルダンス」をした。「ヘアバンドも当初のシンプルなものから、次第に天使の輪やウサギの耳、そしてチョンマゲのかつらなど、派手さを追求するバリエーションが増えていった、いずれも通り過ぎる人々の注目を一瞬で集めるために考えたものだ」。もちろん、多くは「ドン・キホーテ」で買ったものである。さすが。

それだけではない。「マック赤坂」は「**政見放送にコスプレ**を持ち込んだ」のだ。

「2012年12月に行なわれた東京都知事選挙（高橋注。石原慎太郎都知事の辞任表明を受け行われたもの）の際には、NHKで**スーパーマン**、民放のTOKYO MXでは**宇宙人**のコスプレ姿で政見放送に登場した。スーパーマンの衣装は六本木のドン・キホーテで買ったものだ」（笑）。でもなぜ、「マック赤坂」はスーパーマンのコスプレをしたのかと訊くと、彼はこう答えた。

「石原《いしはら》都政に見捨てられた東京都民を救うのは、もう人間では無理だと思った。つまり、人智を超えたスーパーマンか宇宙人しか都政を救える人はいない」


わかるよなあ……その気持ち。そして、この話を聞いてせせら笑う人がいたら、その人に、わたしはこういいたいと思う。

では、あなたが仮に都政に不満があったとして、何をしますか。何もしない？　何もできない？　いや、わたしだってそうだ。どんなに不満があっても、せいぜいコラムかツイッター（今は名称変更して「X」か、ややこしい……）に文句を書くだけだ。だが、「マック赤坂」は違った。高額の供託金を払い、膨大な時間と手間をかけ、笑われるのを覚悟で、微《かす》かな可能性に賭けたのである。

『黙殺　報じられない〝無頼系独立候補〟たちの戦い』（畠山理仁　集英社文庫）には、その他にも「マック赤坂」のような、一見奇矯に見えて、実は誰よりも真剣に政治のことを考えて行動する「無頼系独立候補」たちが多数登場する。

２０１４年３月、「都構想について市民に信を問いたい」と当時の橋下徹市長が辞職したのを受けた大阪市長選に、既成政党は「この選挙には大義がない」として候補を擁立しなかった。橋下市長の対抗馬として立候補したのは「無頼系」のみなさんばかりだったのである。そのひとり「二野宮茂雄」は、畠山にこう告白する。「僕、発達障害なんです。頭がちょっと弱いんです。それから、生活保護を受けながらの立候補なんです」と。けれど畠山は驚かない。「いろんな立場の人が政治に関わったほうがいい」からだ。二野宮はたいへんな生活をおくっている。だからこそ、自分が政治家になって社会を変えようと思ったのだ。エライぞ。

そんな二野宮が選挙で訴えたいこと。それは

①自転車に２《ツー》ロック（鍵を二つつける）を義務付けて盗難防止。

②飲食店のチャージ料の廃止。

なのだそうだ。えっ……？

その理由を畠山は訊ねた。すると、どちらも「友達」が自転車の盗難にあったり、チャージ料で店ともめたからだった。ほんとうに「友達思い」の候補者なのである。ちなみに、この選挙の争点であった「都構想には反対」なのは、「都構想に反対なのに投票先がない」有権者のためなのだった。すべて他人の幸せのため、それが、二野宮の立候補理由なのである。

わたしは彼ら「無頼系独立候補」たちのことばや行動を読みながら、まさに「これは、アレだな」と感じていた。そう、同じような人たちをわたしは知っていると思ったのだ。もちろん、**『独特老人』**（後藤繁雄編・著　ちくま文庫）の中に登場する、愛すべき老人たちだ。

作家・森敦、作家・埴谷雄高《はにやゆたか》、作曲家・伊福部昭、棋士・升田幸三、俳人・永田耕衣《こうい》、彫刻家・流政之、映画評論家、淀川長治《ながはる》、舞踏家・大野一雄、漫画家・杉浦茂、漫画家・水木しげる、哲学者・久野収《おさむ》、作家・沼正三、詩人&評論家・吉本隆明、哲学者・鶴見俊輔等々の28人。この本には、1990年前後を中心に行われた、いわゆる戦中派老人たちのインタビューがおさめられている。当時既に高齢であった彼らは、現在ひとりも生きていない。だが、わたしは、この本を読み返すたびに、老人たちの「濃さ」に圧倒されるのだ。「戦争」という死線をくぐったからなのか、それとも「老いる」ということが人を過激化させるのか、北野武の映画のコピーに倣《なら》うなら「**全員化け物**」なのである。

「十年働き、十年遊んで暮らす」という生活を実践し、いったん作家になったのにそれもやめ、40年たっていきなり書いた小説で芥川賞を受賞した、という冒頭の森敦のエピソードに始まり、ずっとホテル暮らしを続けているそのホテルを気に入った理由が、そのエレベーターなら自分が死んだとき棺桶《かんおけ》が斜めに入るから、といった淀川長治、半世紀近く書いて完成しない自分の小説は「宇宙人が発見する」という埴谷雄高に、神道・槍術《そうじゅつ》・刀術から刀鍛冶まで学び、軍隊に入って零戦《ゼロ》パイロットになって帰還してからアメリカで現代アートの寵児《ちょうじ》となった流政之……どの老人にも共通するのは、圧倒的な自由なのだ。彼らについて後藤さんはこう語る。

「この『独特老人』に登場した人は、『一流』とかではなく『破格』である。アカデミックではなく、アヴァンギャルド。権威やグルになるのではなく、自由で風狂である」

そして、彼らのメッセージをこうまとめる。

「独りでゆけ、特別であれ!!」

これは「無頼系独立候補」そのものではないか。わたしたちにまだ希望はあるのだ。「独立系無頼人間」として生きる道が。

『風の谷のゲン』もしくは『はだしのナウシカ』

今回はタイトルだけで「これ」と「アレ」がわかってしまう。もちろん『はだしのゲン』と『風の谷のナウシカ』である。

今回、ひさしぶりに、マンガの『はだしのゲン』を読んでみようと思った。みなさんも報道でご存じかもしれないが、2023年の初め頃、広島市教育委員会が「市立小学校3年生向けの平和学習教材に引用掲載してきた」『はだしのゲン』を「別の被爆者体験談に差し替える」ことに決めた。もっともこの経過は大きな話題になったので、さらに変更があるのかもしれない。少なくとも、しばらく話題に上がらなかったこのマンガを思い出し、読む人が増えたのは事実のようだ。というか、わたしがそうなんだが。

原爆をテーマにした作品はたくさんある。代表的なものだけでも、小説では原民喜《はらたみき》の『夏の花』や井伏鱒二の『黒い雨』、峠三吉《とうげさんきち》の『原爆詩集』に井上ひさしの戯曲『父と暮せば』。映画だっていくらでもある。では、マンガはというと、やはり中沢啓治の『はだしのゲン』ということになるだろう。『週刊少年ジャンプ』で1973年に始まった連載は、連載先を転々として87年まで続いた。壮大な大河ドラマ（マンガ）である。

わたしは、連載が始まってすぐにその噂を聞き、読んで驚いた。いろいろな意味で。今回読んだのは中公文庫コミック版全7巻だが、やはり1巻目のあたりだけが圧倒的に印象に残り、他はあちこち「こんなシーンあったな」と思い出す程度だった。

主人公の「ゲン」は、中岡家の5人（母のお腹《なか》の中にいた妹をいれて6人）きょうだいの三男。戦争末期、戦争に反対して「非国民」といわれる頑固な父の下《もと》ひっそりと広島で暮らしていた一家の頭上で昭和20年8月6日、原爆が炸裂《さくれつ》する。そこから先は、実際に作者の中沢啓治さんが体験した惨状が克明に描かれる有名なシーンが延々と続くのである。火がついてあばれる馬、粉々になったガラスがびっしりと刺さり、あるいは両手、両足から垂れ下がった皮膚を引きずりながら歩く被爆者たち。彼らは例外なく「水、水」と呻《うめ》く。魚河岸の魚のように並べられた死体が鉤棒《かぎぼう》で集められ、車にどんどん積まれてゆくが、中には生きたまま積まれるものもある。もうそんなことを気にする余裕などないのだ。当時、どの家の前にもあった防災用の水そうには、どれにも「スイカのようにはれた死体」が入っている。火に追われそんな水そうに逃げこむしかなかったのである。川の表面を埋めつくした遺体は潮の流れで行ったり来たりをくり返し、腐敗して破裂するし、爆風で吹き飛ばされた路面電車の中はウジが湧いた遺体の山だ。そして「ゲン」は死体から生まれた雲霞《うんか》のようなハエに襲われるのである。

もしかしたら、日本人にとって被爆のイメージのかなりの部分は、『はだしのゲン』の第1巻に収められた原爆投下直後の場面から来たのかもしれない。そんなことを考えた。少なくともわたしはそうだった。中沢啓治は、ある意味で写真よりも生々しく、「被爆者」の様子を描き出したのである。

だが、もっと重要なのは、この原爆投下直後の悲惨な風景も、『はだしのゲン』にとってはプロローグに過ぎなかったことだろう。

ここから先、ある意味で、第1巻の被爆直後の風景よりも強烈なシーンが次々と現れる。被爆して悲惨な容姿になり、家族からも見すてられた画家志望の男が「ゲン」の世話で人間としての気持ちを取り戻し、被爆者たちの死体を焼くシーンを自らの「最後の作品」とするべく、使えなくなった腕の代わりに口で描くシーン。原爆投下直後に生まれた妹がやがて亡くなり、海岸で火葬されるところで「ゲン」が読経するシーン。「ゲン」と同年代の少年たちが、家族を失い孤児になり、生きてゆくためにヤクザの下っぱになり、鉄砲玉として殺されたり、殺したりするシーン。両手を失い顔はケロイドにおおわれても、なお残された足で裁縫をして生きてゆこうする少女。壮絶な広島の風景を最後に小説として書き残して死んでゆく作家、等々。次から次に現れる登場人物の多くが、狂って死んでゆく様子は、ときに見るに堪えない。

原爆投下直後から数年間、広島を中心に起こったであろう出来事を、作者は怒りを露《あら》わにしながら描いている。あまりに「直接的」な描写と作者の心情の率直すぎる独白にたじろぐ読者も多いかもしれない。けれども、わたしは、繊細さや完成度などはなから無視して描かれる無鉄砲な「力強さ」にうたれた。作者は、最初から「いい作品」など描く気はなかったのだ。

『はだしのゲン』のクライマックスは、「ゲン」が亡くなった母親の遺体を背負って、母親を殺した真の責任者（戦争責任者）、連合国軍最高司令官マッカーサー元帥と天皇に会いに行こうとするシーンだろう（第5巻）。この怒りと狂気こそ、作者がいちばん描きたかったものなのだ。

わたしが『はだしのゲン』を読んでいて、どうしても『風の谷のナウシカ』（原作・宮﨑駿）を思い浮かべてしまうのは、どちらも原爆をテーマにしているからではない（『ナウシカ』では「火の七日間戦争」後、世界中が汚染されてしまったとされているので、直接そう名指しされているわけではないが、広い意味で「原爆」を描いた作品といえるだろう。王の娘で末っ子のナウシカを除く10人兄姉すべてが亡くなったのも、周りの人びとの肌が硬化し、やがて死んでゆく「石化」も「原爆」の後遺症とでもいうべきものだ）。

いま書いたように、『はだしのゲン』は、被爆直後の惨状を描いた第1巻（わたしが読んだ中公文庫コミックは7巻だが、他にも10巻にまとめられたものもある）が有名だが、実はその後に長大な物語がある。一方の『風の谷のナウシカ』も、映画版と原作のマンガ版では大きな違いがある。マンガ版（徳間書店）は全7巻もあり、映画版はそのうちの1巻と2巻の一部をまとめて一本の作品にしたものに過ぎない。そう、『はだしのゲン』の印象が第1巻に偏っているように、『風の谷のナウシカ』も、映画の強い印象によって原作の1・2巻が『ナウシカ』の代名詞になってしまったのだ。けれども、全7巻のマンガ版の読者は、あの、ハッピーエンドで終わる映画の後にこそ、もっとずっと複雑で、重く深い、別の世界があることを知っているのである。『はだしのゲン』を全巻読み通した読者が、そこに類例のない強い感情の爆発を感じるように、『風の谷のナウシカ』を全巻読み通す読者は、映画版とは異なり、作者の暗い諦念を感じることになるのかもしれない。もちろん、そこから受けとるものは読者によってちがうはずなのだが。

マンガ版のクライマックスは、長い闘いの物語の果て、最終の第7巻に訪れる。ナウシカは「墓所」と呼ばれる場所にやって来る。そして、そこに潜んでいる、世界をこんなふうにしてしまった「責任者」と真正面から対峙《たいじ》し、滅ぼすのである。それは、「ゲン」がやろうしてやれなかったことだったのだ。

日本人だけど、日本人じゃない

この間、必要があって、ほんとうに久しぶりに（56年ぶり）『二十四時間の情事』という映画を観た。これはもともと1959年のフランス映画で、原作（脚本）が『愛人（ラマン）』のマルグリット・デュラス、監督が『夜と霧』や『去年マリエンバートで』の**アラン・レネ**。原題は「ヒロシマ・モナムール（わが愛）」で、そのタイトルのまま公開されるはずだったが、難解に見えるのを嫌って（?）、妙に通俗的なタイトルで公開されてしまった。

当時、政治や文学、あるいは映画、現代芸術に関心がある人たち、特に若者の間で大きな話題になった。わたしが観たのは中学生の頃だったが、やはり、よくわからなかった。

映画の舞台は「原水爆反対」の運動が盛り上がる広島。おそらく8月6日あるいはその近くの日に、日本人の男とフランス人の女が一日だけの愛を交わす。タイトルの通り、明け方から次の日の明け方までのおよそ24時間の物語だ。冒頭は裸のふたりが抱き合うシーン。そこからふたりの会話が聞こえてくる。

「きみはヒロシマで何も見なかった」という男の声。

「わたしはすべてを見た。すべてを」という女の声。

そうやって少しずつ、ふたりの男女の関係、彼らが背負っているものがわかってくる。女は、フランスから「平和」をテーマにした（当然「原爆」と関係がある）映画に出演するためにやって来た。次の日には帰国する予定だ。男は戦争中は兵士として戦場にいた。その間に広島にいた家族は被爆した（らしい）。ふたりとも結婚していて、子どももいる。たった一日の「情事」である。なぜ、女は「（ヒロシマで）すべてを見た」といったのか。それは、女が戦争中に（ヒロシマの人びとと同じように深く）傷ついた体験があったからだ。ドイツ軍占領下の故郷で、ドイツ軍兵士と恋人同士になった女はふたりで駆け落ちしようとする。しかし、決行の日、兵士はフランス人によって射殺され、女は「非国民」として髪を丸刈りにされる。両親は女を地下室に隠す。ようやく髪が伸びた頃、女は20歳になり、パリへ自転車で旅立つ。2日後、パリにたどり着いた女は手にした新聞の紙面に「ヒロシマ」の活字を見た。そこにも国家によって傷つけられ、蹂躙《じゅうりん》された人びとがいたのだ。

そういうわけで、『二十四時間の情事』について書きたいことはたくさんあるのだが、今回のテーマは「それ」ではない。主演の岡田英次なのである。

映画製作時、主演の「日本人の男」に関して「日本人らしくない俳優」が必要とされた。映画の中でも女は男に「あなたは純粋の日本人？」と問いかけ、男は「純粋だよ。ぼくは日本人だ」と答えている。いったいなぜ「日本人らしくない（日本人）俳優」が必要とされたのだろう。

製作側は「日本人だから愛された」つまり「西洋人のエキゾチシズム」が恋愛の理由だったと受け取られたくなかったからと説明しているが、それだけだろうか、とわたしは思っている。それは「岡田英次」という俳優が持っている特殊な性格によるのではないかと。岡田英次は、「日本のジャン・マレー」と呼ばれていて、わたしの母のような戦前からの映画ファンに人気が高かった。

岡田の人気を決定づけたのは1950年、巨匠今井正監督の『また逢う日まで』だ。この年のキネマ旬報ベストテン1位にもなったこの傑作は、戦時下の若者の純愛とその悲劇を描いた。岡田英次演じる大学生と久我美子演じる絵を描いて家計を助ける若い女が、空襲下、愛し合うようになる。中でも、ふたりがガラス越しにキスするシーンは映画史に残る名場面となった。この映画には、ふたりがキスするシーンが他にも2度あるのだが、率直にいって、こんなにキスシーンが似合う俳優はいないんじゃないかっていうくらい格好いい。まさに「日本人離れ」している。しかも、この映画、原作がロマン・ロランの『ピエールとリュース』の上に、戦争というものにどうしても乗り気になれない岡田は、兄から「それでもお前は日本人か」と叱責されるのである。

そうだ。岡田英次こそ「それでもお前は日本人か」といわれる俳優の代表だった。「日本人」でありながら、フランス人にも見えるその風貌は、生粋の日本人にとっては「獅子身中の虫」、日本人の中に紛れ込んだスパイのようにも感じられたのだ。日本という国家をその内部から批判する存在。それが俳優「岡田英次」に与えられた役割ではなかっただろうか。では、現在もそんな役割の俳優は存在しているのだろうか。胸に手をあてて考えてみた。いる。いますとも。もちろん、**阿部寛**である。

阿部寛も、岡田英次同様、純粋な日本人である。にもかかわらず、如何にもハーフっぽい、というか外国人っぽい。

ちなみに、阿部の俳優デビューは『**はいからさんが通る**』（原作・大和和紀）で主演の紅緒を演じる南野陽子のフィアンセ、伊集院忍少尉を演じた。少尉はハーフという設定の上、そのそっくりさんにロシアからの亡命者サーシャ・ミハイロフ侯爵がいる。もうはっきりいって外国人そのもの。しかも内容は戦争&体制批判だから、資格十分。

それだけではない。阿部の代表作は？　もちろん、古代ローマの視点から現代日本を批判する『**テルマエ・ロマエ**』！　なにしろ、阿部が演じたのは、古代ローマの浴場設計技師、ルシウス・モデストゥス。現代日本にタイムスリップして「平たい顔族」（日本人のことです）に出会うという話なんだし、こんな役ができる日本人俳優は阿部くらいだろう。

そして、最新作は、「日曜劇場」のドラマで、話題沸騰の『**VIVANT**』（TBS系列）での警視庁公安部の野崎守役だが、そこでもきちんと「アラブ系？」と間違われている（笑）。では、女性俳優で「日本人だけど、日本人じゃない」役割を果たしているのは誰か。

それは冨永愛ではないだろうか。

冨永さんの特徴は「日本人離れした」スタイル、とりわけ身長である。冨永さんが日本を代表するモデルであることはみなさんご存じのことと思う。だが、それだけで「日本人だけど、日本人じゃない」賞を獲得することはできない。だが、冨永さんはNHKのドラマ『大奥』（原作・よしながふみ）で徳川吉宗を演じたのだ。

『大奥』とは何か。「女性だけど、女性ではない」将軍を描いた傑作だ。この作品で、男性の役割であった将軍職を女性が引き継ぐ。この国の男性社会を根本から批判したこの作品の主役を冨永さんが演じる意味は大きいようにわたしには思えるのだ。ちなみに、ドラマ『大奥』では、3代将軍家光を堀田真由が、5代将軍綱吉を仲里依紗が演じている。すべてモデル（兼女優）で仲はスウェーデンのクウォーター。なぜ、揃いも揃って、女優らしい女優ではなかったのか。女優だけど、女優じゃない、ってこと？

バービーとリカちゃん、対談する

辻堂にある109シネマズ湘南で映画『バービー』を観てきた。シアター5で定員は149人。平日の午後2時（20分）の回だったが、客層はどうなのかとメモしてみた。場内が暗くなるまでに入ってきたのは①高齢（たぶん60歳以上）女性13名、②若い（たぶん20歳前後）女性19名、③その中間の女性4名、④高齢男性3名（わたしも含めて）、⑤若い男性5名の以上44名。世界中で大ヒットしているのに日本ではコケた、と聞いていたが、そんなことはないのではないかと思った。ちなみに、男女カップル4組、母娘（たぶん）ペアが6組である。若い女性はほぼペアで来ていた。

みなさんは映画を観てどんな感想を抱いただろうか。正直にいって、わたしはそんなに期待していなかったのだが（だいたい「バービー」に思い入れがないし）、けっこうおもしろくてびっくり。というか、最後は感動してしまって、弱った。こういう映画が好きなのか、自分。「バービー」の誕生は1959年。マテル社のルース・ハンドラーによって生み出された（映画の中でもそのあたりのことに触れている）。驚いたのは、その最初期の「バービー」は日本製だったこと（！）。「バービー」は欧米で大ヒットするが、日本では販売不振の上、競合

（？）する「リカちゃん」の登場で撤退することになったそうだ。一時、タカラが「リカちゃん」と八頭身の「バービー」を和風にアレンジした「タカラ・バービー」を同時に発売したこともあったとか。いろいろ勉強になる。

映画『バービー』は、「バービー」が住む「バービーランド」が舞台だ。「バービー」は「バービー人形」の総称で、ヒロインのマーゴット・ロビーは「定番のバービー」役。超絶スタイルも良くて、彼女を見た後では、他の俳優の「バービー」は想像できませんね。ピンクで統一された、ひどく人工的なその世界で、毎日を楽しくハッピーに暮らしていた「バービー」。けれど、ある日突然、「死」の観念にとりつかれる。そして、その瞬間から、完璧だった、「バービー」の世界に亀裂が入るのだ。いったいなぜ？　どうやら、彼女をかつて所有していた人間になにかが起こったらしい。だから「バービー」は、その亀裂を修復するため「現実世界」に旅立つ……。

いくつもの奇怪な「法則」が支配する「バービーランド」から見れば、「バービー」が訪れた「現実世界」もやはり別の種類の奇怪な「法則」が支配する世界だった、というのも、とりたてて新しい趣向ではないだろう。しかし、男性が支配する「現実社会」を見て驚く「バービー」が、女性が支配する「バービーランド」も、ある意味では同じなのだと気づくあたりや、「現実世界」の女の子たちから、空疎だと批判されるあたり、フェミニズム的視点を中心にしながら、ちゃんと「全方位外交」（？）をやっているところがハリウッド映画だな、と思いました。あと、「ケン」役のライアン・ゴズリングが最後まで「バービー」とキスさせてもらえない（かわいそうに……）。これはもしかして、『きみに読む物語』でノア・カルフーンを演じたゴズリングと、アリー・ハミルトン役のレイチェル・マクアダムスの有名なキスシーンが２００５年度のＭＴＶムービー・アワードの「ベスト・キス」賞に選ばれてるから、わざとやったの？　詳しい人、教えてください。

さて「バービー」は映画『バービー』を生んだが、その「バービー」を日本ではストップさせた国産最強ドールキャラ、「リカちゃん」について書いてみたい。

「リカちゃん」は、１９６７年、タカラトミー（旧名・タカラ）によって生み出された。本名は「香山リカ」である（同姓同名のあの方は、この名前を用いられている）。「バービー」と同じ「着せ替え人形玩具」で、現在までの生産数は約６０００万だそうだ（ちなみに、「バービー」は10億）。わたしの従姉妹《いとこ》も持っていた。現存している日本人女性とほぼ同じ数だけ生産されているのだ。なんかすごい。というか、わたしが高校2年の時に生まれたのか。ちなみに、設定では67年5月３日生まれで（永遠の）11歳。なんと「パパ」は「ピエール」という「フランス人」の「音楽家」なんだって。ええ、そうなの!?　「リカちゃん」ってハーフなのかい！　しかも、23歳で外交官になって、25歳でフランス人外交官と結婚するんだって。

知らんかった……。いや、いろんな意味で「バービー」といい勝負しているじゃないんですか。

そんな「リカちゃん」だが、アニメ、人形劇、ミュージカル、漫画はあるようだが、『バービー』のような実写映画はない。そこのところは負けている……が、「バービー」にはないものがあるのだ。実は今回書きたかったのは、このことなのである。

『現実を生きるリカちゃんねる』をご存じだろうか。実は、わたしがすべてのユーチューブ動画の中でいちばん好きなチャンネルである。ほんとに最高です。映画『バービー』にも負けていない。いや、ある意味では勝っているのではないか、とわたしには思えるのだ。チャンネル登録者数が70・8万人。総視聴数8600万回以上（2023年）。主宰者によれば「このチャンネルはリカちゃん遊びが大好きだった20代後半の女が辛い現実から目を背けるために自分をリカちゃんに投影してYouTuberとして活動していくちょっとヤバめなチャンネルです」。

このチャンネルの「リカちゃん」は、どこにでもいるOLであり、そんな「リカちゃん」が、自分の日常をユーチューブにアップしている、という体裁のチャンネルだ（けっこう複雑）。彼女が暮らす小さな部屋に置かれた小さな生活グッズ、そして、「リカちゃん」を1コマずつ撮った写真＋背景のことばから「ふつうのOL」の日常が鮮明に浮かび上がってくる。

たとえば「リカちゃんのナイトルーティン」では帰宅したOLが疲れてソファに座り、ため息をついてまず最初にするのがスマホの充電（！）というところから泣かせる。「スマホで推しの動画」を観ながら、夕食のコンビニ弁当を食べ、そしてダラダラと風呂に入る。風呂上がり後、ドライヤーで髪を乾かす時の髪の揺れ具合の再現の素晴らしさにはことばを失うほど。こんな動画が既に60数本。このチャンネルの更新をわたしはひそかに楽しみにしていた。そしたら、なんと最新作（当時）は2023年9月2日公開の「バービーと対談してみる」だったのだ。マジで？

この8分13秒の大作に、わたしは深く感動した。「リカちゃん」と「バービー」を愛する人だけではなく全人類が観るべき動画だと思った。最初は「ライバル」の腹を探るつもりだった「リカちゃん」が、同じ人形としての共通の「経験」から深く共感してゆく様子（「わかる〜」「あった〜！」「もー超わかる！」）は涙なしでは観られない。いや『バービー』の製作スタッフがこの動画を観たら、次に予定されているらしい「バービー2」には絶対「リカちゃん」が登場すると思うのだが。ちなみに、彼女は、この動画チャンネルの名称から「**現リカ**」と呼ばれております。

「おおかみこども」の詩《うた》

細田守監督の名作『おおかみこどもの雨と雪』で、大学生の「花」はひとりの青年と出会い恋に落ちる。実はその青年は、おおかみであり人間でもある「おおかみおとこ」だった。2人は結ばれ、その間に姉の「雪」と弟の「雨」が生まれる。4人の幸せな日々……は「おおかみおとこ」の死で、暗転する。一度は打ちひしがれた「花」だったが、やがて豊かな自然に恵まれた田舎に移り住む。ひとにもおおかみにもなれる子どもたち、けれどもいつかはどちらかを選ばねばならないのだ、そして……というのが、おおまかなストーリィ。わたしはずっと「ひと」であり「おおかみ」であるという気持ちはどんなものなのだろう、と思ってきた。半分「ひと」で半分「おおかみ」なの？　それとも「ひと」と「おおかみ」が交互に入れ代わる？

ノンフィクションライターの片野ゆかさんの本を読んだ。特に感心したのは、小学館ノンフィクション大賞を受賞した『愛犬王　平岩米吉伝』（小学館）だったが、読んでいる間中、ずっとモヤモヤしていた。読み終えて、すぐ目の前に積んである本の山の中に『狼 その生態と歴史』（築地書館）を発見してびっくり。その著者が「平岩米吉」だったのである。「この人、知ってる！」だよね。実は、わたくし、いま「オオカミ」が重要な登場キャラである小説を執筆中で、手に入る限りの「オオカミ」文献を収集しているのだが、そのNo.1こそ、『狼』だったのである。出版されたのは昭和56（1981）年だが、それ以前も、以後も、「オオカミ」について日本語で書かれた文献で、これ以上のものは、読んだことがない。

さて「オオカミ」の専門家であるはずの平岩米吉が、なぜ「愛犬王」なのか。

平岩は明治30（1897）年生まれで、竹問屋に生まれた。生涯、動物たちを愛し、そのために生きた人である。雑誌『動物文学』を創刊したのが昭和9年。「動物文学」ということばを作ったのが平岩だったのだ。シートンの『動物記』やザルテンの『バンビ』を紹介したのもこの雑誌だった。

雑誌創刊と同時期に、平岩は「犬科生態研究所」を設立。もちろん、その前から平岩は、たくさんの野生動物を自宅で飼っていた。犬、狼、ジャッカル、ハイエナ、狐、等々。平岩には、電車の中でぶあつい財布を掏《す》られた有名なエピソードがある。実は、その財布に入っていた紙幣は僅か数枚。残りは「亡くなった犬たちの毛を切り取ったものを丁寧に半紙に包」んだものだった。平岩は、亡くなった犬たちの毛を肌身離さず持ち歩いていたのだ。

平岩の犬の世界への貢献で有名なのは、犬にとっての天敵「フィラリア」の撲滅だった。長い間、犬たちはフィラリアという寄生虫によって死んでいった。片野さんによれば、昭和

55年頃、犬の一生はわずか3歳にも満たなかった。ところが、平成に入ると一気に13、14歳となる。それはフィラリアの予防薬が誕生したせいだったが、「フィラリア研究会」を設立し、その資金を集めたのが平岩だったのである。もう、犬にとっての生き神様みたいな存在だ。

ちなみに、平岩が動物好きになったのは、幼い頃乳母から滝沢馬琴の『椿説弓張月《ちんせつゆみはりづき》』を朗読してもらったからだという。この冒頭で、主人公の「弓の名手の源八郎為朝《ためとも》」は「激しく争う二頭の狼の仔《こ》と遭遇する」。「命の大切さを説いて弓で二頭をはねのけると、争いをやめてお互いの血をなめあい、お礼をするように頭をさげた」。そして、その二頭は為朝の家までついて来るのである。為朝は、その二頭を可愛がり、飼うことになった。さすが為朝。そのときつけた名前が「山雄《やまお》」と「野風《のかぜ》」。「山」と「風」だ!

細田監督、たぶん、『椿説弓張月』を参考にしてるよね。この冒頭部分を何度も繰り返して読むように乳母にお願いした平岩は、心底からの動物好きになってゆくのである。

さて、そんな平岩は「犬は人間の言葉を理解するのか?」という問いに答えるべく、実験を行ったというからすごい。ちなみに、平岩によると、犬は食物や動作に関係のある言葉ならけっこう理解するそうだ。だが苦手はあって、

「『行け』と『行くな』が正反対の意味だと認識させるのは難しいという。そのことから、犬が言葉を聞く時に集中するのは、言葉の初めの方で、語尾についてはほとんど気にとめて

ないことを認めている」のだそうである。

もしかしたら、平岩にとって、犬（たち動物）とヒトの間に、区別はなかったのかもしれない。ほんとうの愛犬家とは、すべての生きものを同じ視点で眺めることができるものなのだ。

そんな平岩にとって最大の仕事は何だったのか。わたしの独断だが、それは昭和5年に梓書房から刊行された『人形の耳』ではないか。この不思議な本、副題が「幼児の自由詩集」となっていて、なんと平岩の長女・由伎子が2歳から3歳の初めにかけて「しゃべった言葉」を、そのまま採録したものなのである。しかも、この本の序文を書いているのが、あの北原白秋！　現在でいうなら、幼い娘の呟きを本にして、谷川俊太郎の序文付きで販売する感じ？

わたしはこの本を読んで、ほんとうに感動しましたね。実は、わたくし、子どもたちがまだ小さかった頃、彼らの呟きをよくツイッター（現・X）に投稿していた。あまりにおもしろかったからだ。社会常識に侵されていない頃の無垢《むく》な子どもたちが発する言葉には、純粋な美しさがある。実は、それは芸術家が求めているものに極めて近いのである。そして、そんな（変な）ことを思いつき、実行できるのは、犬やオオカミの言葉を理解しようと思える平岩のような変人だけなのだ。では、ちょっと紹介してみよう。すべて、2歳時の言葉である。

「ラヂオ、
『ママちやま、痛《いた》いよう』つて
泣《な》いてゐるの、
あそこで。」

ラヂオの雑音がそう聞こえるのだ。

「大變《たうへん》ね、
お鹽《しほ》まいてある　おもて、
來《き》て見《み》て御覽《ごらん》なさい
お山《やま》もお鹽《しほ》まいてある
すべり臺《だい》も
誰《た》れかけたの、お鹽《しほ》。」

さよう。雪が「お塩」に見えたのだ。

「複雑《ふくざつ》　どこにあるの
複雑　持《も》つて來《き》てよ
複雑　食《た》べるの
複雑の皮《かは》むいて食べるの」

「複雑」とは果実の一種と思っていたようだ。

「いいお菓子《くわし》あるから
食べようかなつて、蠅《はい》さん云《い》つたのよ。
聞《きこ》えたでせう、
聞えたわ。」

文字通りの意味、である。
我々はかつてみんな、無垢な「おおかみこども」だったのだ。

「これ」だけではないことをみんな知っている

大熊一夫さんの『精神病院を捨てたイタリア　捨てない日本』（岩波書店）を読んだ。感想を一言でいうなら「愕然《がくぜん》とした」である。

この本の刊行は２００９年。わたしの手元にあるのは17年版で14刷である。はっきりいってきわめて地味な内容なのに、これほどのロングセラーになっているのは、中身があまりにも衝撃的であるからだろう。

なんといってもびっくりするのは、日本の精神科病床数が１９９３年は35万床という記述で、世界の精神病患者のためのベッドの約２割が日本に集中しているらしいのだ。ちなみに、大熊さんの最新のレポートではその割合はさらに増して「ベッド約30万床」で「世界の精神病棟ベッドの37％！」となっている。ベッドの数自体は若干減ったものの、割合は激増しているのである。それはなぜか。本書の27頁には、「人口１０００人当たりの精神病床数の国際比較」というグラフがあって、70年頃には日本とほぼ同じか、もしくは多かった欧米各国（スウェーデン、アメリカ、イギリス、イタリア）の病床数が劇的に減少している様子がわかる。欧米がおよそ30年で５分の１か、10分の１（イタリアはほぼゼロ）に減っているのに、日本はほんの少しだけ増加、もしくは横ばい。ならば、割合も増えるに決まっている。これがいつまでも続いているのだから、そのうち、

「世界の精神科病床の半分は日本！」

「世界の精神科病床の8割は日本！」

「世界の精神科病床、ついに日本がコンプリート達成。おめでとう、ニッポン！」

というニュースが飛び込んできても不思議ではない。っていうか、大丈夫なのかこの国。

おそろしいのはそれだけではない。

「平均在院日数も三二〇日（二〇〇六年）で、世界のなかでは絶望的に長い」のである。

というわけで、インターネットで調べてみると「OECD加盟国平均在院日数（精神病床）」では、日本は資料がある75年からずっと320日くらい（2019〜20年の調査では277日）。

他の国は、ほとんど50日以下！

さらに「退院者の平均在院日数2005年」というグラフ（厚生労働省ホームページ）を見ると、デンマーク・アメリカ・フランス・イタリア・オーストラリア・カナダ・スウェーデン・ドイツ・オランダ・イギリスでは平均が18日。日本は約300日！

ええっ？　目をこすってグラフを見ました。18対300です。他の国に比べて、日本だけグラフがギュイーンと突っ立っています。もう、「日本とそれ以外全部」の世界が出現している。

ベッド数がめちゃくちゃ多くて、在院期間がめちゃくちゃ長いということは（ベッド数×在院期間＝患者である正味時間）**「世界で精神病患者と認定されている人間はほとんど日本人」**ということになるのではないだろうか。もうこのあたりで、わたしはずっとこめかみをおさえて突っ伏したままだ。

考えられる結論は、**日本人はみんな精神が異常なのだ……**なんてわけがない。では、なぜ。その原因についても本書で詳述されている。

簡単にいうなら、「今日の医療法は一九四八（昭和二三）年に制定された」のだが、第四条の七に「主として精神病、結核その他厚生大臣が定める疾病の患者を収容する病室を有する病院は、厚生省令で定める従業員の標準によらないことができる」と定めた。ざっくりいうと、特定の疾病では、「標準以下」の施設や人員でもオーケイということなのだ。この施行令は、「粗悪病院開設」の呼び水となった。そのもっとも悪質な例が「精神病院」だったのである。

大熊さんはこう書いている。

「これで人手や食費をけちるほどに利潤があがる……仕組みができあがった。これが『精神科特例』である」

その結果、「精神科医ではない医師、たとえば産婦人科医が精神病院を開設することにも、いや、医療とは全く無縁の投資家が精神病院のオーナーになるのでさえ、なんらの歯止めもかけようとしなかった。だから、ひと儲けを企む志の低い事業家がいっぱい、この業界に参入してきた」のだ。

そんな連中は、やって来た患者を薬づけにした。あるいは、ろくな治療もせず部屋に監禁した。そうすればするほど「儲《もう》かる」からである。しかし、家族は文句をいわないのだろうか。残念ながら、多くの家族は、精神を病んでいる（と思われる）人間を引き取ってもらえて喜んだのである。こちらで「厄介払い」、あちらでも「儲け放題」。その結果が、冒頭でも書いた、世界の精神病病床がこの国に集中するようになったという事実なのである。

『精神病院を捨てたイタリア』のきっかけを作った**フランコ・バザーリア**は、およそ60年前、精神病院の現状を見て、「もの」扱いされている患者たちを救おうと決意した。「精神病院」という存在そのものが、患者を悪化させていることに気づいたのである。バザーリアたちが、どのようにイタリアから精神病院をなくしていったかを詳述する余裕は、わたしにはない。だが、彼らが「精神病の患者をひとりのかけがえのない人間として扱い、社会に復帰させ、社会の中で治療してゆく」と考えたことは、書いておきたい。

さて、大熊さんの本を読みながら、わたしはずっとモヤモヤしていた。なんだか知っているような光景だったからである。

大学で教えていた頃、ゼミの学生が「卒論」のために、ある特別養護老人ホームへの「潜入取材」を試みた。あえて書かないがたいへん有名な老人ホームチェーンの一つである。そこで、彼は老人たちの世話をしていた。そして「自分も絶対に入りたくないし、祖父母や両親も絶対に入れない」と歎《なげ》いた（というか話しながら泣いていた）。というのも、その老人ホームでは、職員の数を減らし（もちろん経費節減のため）、そのため老人たちが動き回っては困るので、夜は縛りつけていた。彼がいちばんショックを受けたのは食事で、あらゆる食物素材を（ゴハンもみそ汁も野菜も魚も）ミキサーにかけてドロドロにした流動体をチューブのようなもので、老人たちの口に流しこむことだった。

「人間の扱いじゃないんです。あれなら、ベルトコンベアーの上を流れてくるエサを食べるニワトリの方がまだマシです」

「役に立たない」とされた者たちを放りこみ、公費によって「生かさず殺さず」収容しつづける施設は、この国にたくさんあったし、いまもある。刑務所、障害者施設、出入国管理局、ハンセン病患者の収容施設……。

もちろん、中には立派な施設もあるだろう。けれども、その多くは「人権無視」と国際組織から批判を受けても、誰も変えようとはしない。そして、わたしたちは、それを「噂では知っている」のに「見て見ぬふり」をするのである。もしかしたら、わたしたちもいつか、そこに送りこまれるかもしれないというのに。

乱歩とPCとあの作家

江戸川乱歩は「探偵小説」もしくは「推理小説」（もしくはその両方を含意する「ミステリー」）の日本での創始者である。いってみれば、マンガの世界の手塚治虫、アニメの世界の宮崎駿のような存在だ。手塚や宮崎の前にはウォルト・ディズニーがいて、乱歩の前にはコナン・ドイルやエドガー・アラン・ポーがいた。外国製品を輸入し、優れた日本製品に変えてみせたのである。

この3人、ただ優れた創始者であるだけではなく、なんだかよく似ている。メガネをかけているところ？　いや、そうじゃなくて。

一般的に乱歩で有名な作品はというと『少年探偵団』や『怪人二十面相』だろうか。名探偵明智小五郎も登場して、ほとんど少年文学といってもよろしい。だから、乱歩ファンなら乱歩の面白さは「そっちじゃない」というだろう。もっとずっと暗くて、歪《ゆが》んだ、人前で堂々と読んでいると言いにくいもの。そっちが「ほんものの乱歩」なのだと。

そういえば、手塚治虫だって、『鉄腕アトム』や『火の鳥』は有名だが、異常な性癖を持つ主人公を描いた『ばるぼら』、猟奇殺人と同性愛を主軸にした『MW《ムウ》』、近親相姦を描いた

『奇子《あやこ》』等々、ダークな作品も多い。宮﨑駿の作品の底にダークなものが流れていることは、ファンならみんな知っている。巨匠たちは、自らの暗い部分を隠すことなく（オブラートに包んではいたが）、それとは別に一般大衆向けの明るい作品を作りつづけたのである。

だから、乱歩が「これ」なら、手塚や宮﨑が「アレ」……という話ではありません。

乱歩を一作で代表しろ、と無理難題を作ってみると、『芋虫』になるのではあるまいか。戦争から帰って来た元帝国軍人「須永中尉」は「手足のもげた人形みたいに、これ以上毀《こわ》れようがないほど、無残に、無気味に傷つけられていた。両手両足は、ほとんど根もとから切断され、わずかにふくれ上がった肉塊となって、その痕跡を留《とど》めているにすぎない」。もはや「一種異様の物体」となった夫は「砲弾の破片のために、顔全体が見る影もなくそこなわれていた」。四肢も顔もない、ただの肉座布団と化した夫が戻ってきたとき、妻の時子はどう対応していいかわからなくなる。だが、やがて……。

「時を選ばず彼女の肉体を要求した。時子がそれに応じない時には、彼は偉大なる肉ゴマとなって気ちがいのように畳の上を這《は》いまわった。時子は最初のあいだ、それがなんだか空恐ろしく、いとわしかったが、やがて、月日がたつにしたがって、彼女もまた、徐々に肉欲の餓鬼となりはてて行った。野中の一軒家にとじこめられ、行末になんの望みも失った、ほとんど無智《むち》と言ってもよかった二人の男女にとっては、それが生活のすべてであった。動物園の檻《おり》の中で一生を暮らす二匹のけだもののように」

というわけで、閉じこめられたふたりの「交情」のシーンも描かれるわけなのだが、ほんとによくやるよね、乱歩さん。

しかし、いまこの『芋虫』、PC（ポリティカル・コレクトネス。略称はポリコレ、PC。政治的社会的に中立に配慮した表現や用語を用いること）的にどうなのだろう。乱歩の作品にはおびただしく「奇形」の人間が登場するが（たとえば『孤島の鬼』とか）、現在そんな作品を提出したら編集者は「こんなの無理！」と突っ返すにちがいない。

いまはPC的に発表が難しそうな、これらの作品、実は当時、すでに発表を禁じられていた。昭和12（1937）年に日中戦争が始まって、文化の統制が始まった。というか、その以前から膨大な数の本が「発禁」措置を受けていた。この『芋虫』が、文庫本の短編集『鏡地獄』から削除の措置を受けたのが昭和14年3月。以降、僅か数年で乱歩の全作品の刊行が不可能になったのである（既発表作はすべて絶版）。

いわゆる**発禁本**のリストを見ると、当然のことながらいちばん多いのは社会主義関係、続いて宗教関係、それに次ぐのが、風俗を描いた小説ということになる。まあ、『芋虫』は、帝国軍人を性の道具に扱うという言語道断の作品だから、小説以前にアウトということかもしれない。同じ頃、石川達三の『生きてゐる兵隊』も、帝国軍人の非道な行いを描いて即日発禁である。どちらも「反戦」がテーマに見えてしまうから仕方がないところはある。けれど、他の乱歩の作品はまるで「反戦」とは関係ない。エロい、グロい、おぞましい。でもダメ、ではなく、だからダメなのかもしれない。

では、石川や乱歩と同じように、雑誌発表後、すぐ発禁になったあの作品はどうなのか。

もちろん、**谷崎潤一郎**の『細雪』である。

谷崎は『細雪』の1、2回目を『中央公論』で昭和18年に発表、軍部から次の掲載を止められた。それでも谷崎、今度は昭和19年に私家版の上巻を密《ひそ》かに刊行、限られた知人に配ったが、これも発禁。軍部は「細雪」を心底恐れたのだ。だから『細雪』を読むことができるようになったのは戦後になってからだった。

しかしなぜ『細雪』は発禁になったのか。エロくもグロくも、「反戦」でもないのに。

一つは、『細雪』全体が『源氏物語』のパロディーだったからだろう（谷崎は『細雪』の直前に『源氏物語』の「翻訳」を完成させている）。関西の4人の金持ち姉妹がただ豪奢《ごうしや》に遊ぶだけ、というお話は、明らかに優雅な宮廷の物語を想像させる。姿を現さない「天皇」は、光源氏のように、遊ぶのが仕事で、「大元帥」である当時の天皇とはまるで違うはずである。そんなものを軍部が許すはずがない。

いずれにせよ、何もしないぐーたらな日々を賛美するような小説は許されない。それこそが、当時のPCだったのである。

戦争中にもっとも軍部から嫌われていたのは、乱歩と谷崎だった。あまり似てない？　いやいや、谷崎こそ、日本文学におけるエロとグロと変態の分野では乱歩と競う二大巨頭だったのだ。『刺青《しせい》』、『瘋癲《ふうてん》老人日記』、『鍵』、『卍《まんじ》』等々を読めば一目瞭然である。

似てるのには理由がある。実は、乱歩はドイルやポー以外に自分に影響を与えた作家の第一に谷崎をあげているのだ。

「どこかの温泉で谷崎潤一郎さんの小説を、はじめて読み、ポーの作に似ているのに驚き、日本にもこういう小説があったのかと、見直す気持になった」（『わが夢と真実』）

驚くべきことは、乱歩が谷崎の小説を「日本の探偵小説として」（『わが夢と真実』）読んだことだ。ええっ？　谷崎って「探偵小説」を書いていたの？　乱歩が最初に読んだのは『金色《こんじき》の死』という作品。青空文庫でも読めるが、ほんとうに「探偵小説」なのか、その謎はみなさんに解いてもらいたい。実は、乱歩と谷崎は「日本という国」の「謎」を解く「探偵小説」を書いたのだが、その「謎解き」も、またいつか。

パレスチナのレシピ

およそ30年前、1992年から94年にかけて、作家の辺見庸さんは思い立って、世界の「食」を巡る旅に出かけた。といっても「グルメ」の話を書くためではない。その理由について辺見さんはこう書いている。

「私は、私の舌と胃袋のありようが気にくわなくなったのだ。長年の飽食に慣れ、わがまま放題で、忘れっぽく、気力に欠け、万事に無感動気味の、だらりぶら下がった、舌と胃袋」
（**『もの食う人びと』**角川文庫）

それは、日本がまだ好景気の絶頂の余韻を引きずっていて、豊かさの幻想を多くの日本人が持っていた頃のことだった。けれども辺見さんは、もしかしたら遠くない将来、「飢渇」が来るかもしれない「予兆」を感じていた。だから、すでに「飢渇」状態に入っている国々を訪れることにしたのだ。貧しい国、紛争下の国、戦時下の国々をである。

辺見さんは飢餓と内戦が続いたアフリカ、ソマリアにたどり着く。そこで難民たちはかろうじて国連の統治と援助によって生きていたのだ。辺見さんは、避難民であふれる工科大学校舎で「三階の教室にうずくまっていた少女」を見かける。

「ファルヒア・アハメド・ユスフ。十四歳だが、三十以上に見えた。この日誌を私が記事にまとめるころ、ファルヒアはたぶんこの世にはいないかもしれない。栄養失調。結核。もう食べられない。立てない。声も涙も出ない。咳《せき》だけ。枯れ枝少女だ。凍《い》てついた影のように微動だにしない」

外の砂丘では「援助物資」をあてどなく待つ人びとの姿が見える。

「砂のうねりのあちらにもこちらにも、列をなして人がしゃがんでいた。黒い肌を色とりどりの布で覆い、まるで砂地から生えでたみたいに千人。未明から何時間も待っていたという……前列から順に一人二キロの小麦をもらう。割りこむと銃の先で追いやられ、まとめ役の女に木の枝でピシリと体を叩《たた》かれる……麦の山に向かい、肘《ひじ》と膝《ひざ》とで地をはい進む男。手足が不自由なのだ。赤黒い口がヒーヒーとなにか言っている。生きたい。生きたい。そう聞こえる」

一方、難民に与える側の国連軍の兵士の食事は遥かに豪華。そして、「額にハエ二匹」がたかっている少女ファルヒアはうずくまったまま動かず「生きた仏像になっていた」のだ。

辺見さんはそうやって世界の「食」の現場を回ってゆく。災害に襲われた場所、刑務所、チェルノブイリ原発事故のあった村。戦争あるいは内戦によって故郷を追われた人びと。ソマリアだけではないロヒンギャにユーゴスラビア。そんな固有名詞を聞いたことがある。読んだこともある。ではどんな戦争だったのか説明してくれといわれてもできない。ほんとうは知らないのだから。知らないから感じない。感じないから関係ない。関係ないから考えない。そうならないように、辺見さんは現場に行き、難民と共に食べる。いや時には難民のように「食べることができない」をする。

辺見さんは、日本の人びとが知らない難民たちの現場を訪ねた。だが、自身がその現場に居続けた日本人もいる。詩人の山崎佳代子さんだ。山崎さんは、91年から世紀を越えて２００１年まで続いたユーゴスラビア紛争時、ベオグラードで教職についていた。もしかしたら、辺見さんとすれ違ったことがあるかもしれない。

『パンと野いちご　戦火のセルビア、食物の記憶』(勁草書房)は、戦火の下《もと》で生きねばならない人びとの姿を克明に、とりわけ、なにを食べなければならなかったのか(いや、なにを食べられなかったのか)について書かれたものだ。人びとが置かれた状況は、その「食」にもっともよく表れることを山崎さんも知っていたのである。あえて詳しい状況は説明しない。激しい空爆や民兵の襲撃や狙撃、逃亡生活の中で、彼らがもらし、それを山崎さんが聞き取ったことばの一部を引用してみる。

「なぜ私がこんな状況のときに、市場にいつも通っていたかというとね、それは料理するということは、家族がみんな仲良しだという感じを生み出してくれるからなの。料理をするということは、家族を集めるということなの。こうした状況のなかで、正常な気持ちを生み出してくれる、それは異常なことが起こっていることに対する抵抗でもあるのよ」

「食べられるものをすべて（そして怪しげな食べ物は捨て）食べてしまうと、次はマカロニ、麺類、ジャム類の番になった。それがすべて底をつくと、祖母は『建物の周りに萌えているイラクサの若葉を見つけて摘んでおいで』と言った。イラクサで、本物のホウレンソウみたいなスープを作ってくれた。ピッタの生地を作って、そこに湯がいたイラクサを巻き込んで、ゼーリェ（菜っ葉の一種）のピッタみたいなものを焼いてくれた。じきにイラクサの若葉もなくなった。あとには動物たちが小便をかけ、人間が唾を吐いたイラクサの茎だけが残った。やがて茎さえも無くなった。僕たちがすべて食べ尽くしたのだ」

「まずプラスチックの洗面器にサヤインゲンを入れて、たっぷり塩を振りかけ、水を半分ほど張ったバスタブにつけておいた。家のなかで一番涼しい場所は風呂場だし、塩は保存料として食べ物の腐敗を遅らせるはずだったが、やはり腐敗に至ったのだ。僕は泣いた、そう、腐ったサヤインゲンのすえた臭いに泣いたのだ。それは僕たちに残された最後の食事になるはずだったから。ときたま人道援助の食べ物が届くこともあったが、たいていは、一日中、あるいは一日半、口に何も入れずに過ごす。僕は十三歳で、いつも飢えていた。すべてに飢えていた、人生に飢えていたのだ」

「赤十字の援助の内容は、大匙八杯の洗濯せっけん、大匙三杯のインスタントジュース、大匙五杯の小麦粉、百五十ミリリットル入りの瓶詰の黄色い植物油脂、小さじに何杯かの砂糖、大匙に何杯かの米。透き通ったビニール袋の隅っこに、援助物資がちょっぴり入っている感じです」

『パンと野いちご』は、戦争と「食」の記録だ。というか、戦争の「飢え」の記録だ。驚くべきことに、この地帯は第二次大戦中はナチスドイツに攻撃され、そのときに収容所に入っていた世代も多数いる。彼らは歴史の中で、２度も戦争による「飢餓」に追いやられたのだ。

いまも戦争は続いている。たとえばテレビには連日空爆されるパレスチナが映っている。だが、そこに、わたしが書いたような「飢え」があることは報道されないのである。

２０２３年の鉄腕アトム

つい先日（2023年10月）、ネットフリックスでアニメ『PLUTO』の配信が始まった。1話約1時間で全8話を一挙公開だ。ネットフリックスすごすぎる。原作者の浦沢直樹さんのインタビューを見たが、浦沢さんは以前、自作の『MONSTER』を（テレビ）アニメ化するとき、原作に「何も足さない、何も引かない」ことを要求し、結果として74話（！）という超大作となったそうだ。今回も同じということだろう。もはやテレビでは不可能な規模の作品も、世界配信できるメディアの存在で可能になったのである。もちろんわたしは配信当日に観たが、あの複雑な原作を、ほとんど改変せず、というかあの原作の世界観をさらに強化するような映像になっていたのには、驚嘆するしかなかった。そして、このアニメ版『PLUTO』、せっかくだからと、アニメ好きでいわゆる「オタク」の長男（19歳）にぜひ観るよう勧めたら、なんと全8話一気観したそうだ。感想を訊くと「最高だった」とのこと。世代を超えた傑作だったのである。

『PLUTO』をご覧になった方はみなさんご承知のように、これは手塚治虫の『鉄腕アトム』の中の「地上最大のロボット」という1エピソードをリメイクしたものだ。

「地上最大のロボット」は『PLUTO』刊行と同時にほぼ同じ装幀で2004年に再刊されている（小学館）。およそ180頁あるこの原作を、浦沢はおよそ8倍の8巻の大作として描き直したのである。オリジナルの「地上最大のロボット」が描かれたのが1964年から65年、『PLUTO』が2003年から09年の連載だから、その間およそ40年。さらに20年の時を経てアニメになったのである。

『鉄腕アトム』は雑誌『少年』（光文社）で1952年から68年にかけて連載された。わたしは、小学校入学前から定期講読して読んでいたので、おそらく56年か57年には読んでいたと思う。いまでもその頃の興奮は覚えている。『鉄腕アトム』の世界が教えてくれる「未来」は希望に満ち、また同時にどこか不安を感じさせてくれるものだった。子ども心にも、『アトム』には「暗さ」があることがわかって、それが不思議な魅力でもあったのだ。

オリジナルの「地上最大のロボット」のあらすじは以下の通り。追放されたアラブのサルタンが部下のアブーラ博士に命じて、2本の角を持つ巨大ロボット「プルートウ」を作る。そして自身の支配欲を満たすために、世界中の最高のロボットたち、アトムを含む7体を倒すことを命じる。知性とある種の感情を持つ「プルートウ」は、命じられるまま7体のロボットたちを倒してゆくが、アトムやその妹のウランには冷徹になれない。やがて、アトムと「プルートウ」は対決するが、途中で起こった阿蘇山の噴火をくい止めるため2人は協力する。そんな2人の前に、ゴジ博士が作ったさらに強力なロボット「ボラー」が現れる。傷ついた「プルートウ」は、アトムを助け世界を救うために「ボラー」と共に自爆するのだった。最後に、ゴジ博士とアブーラ博士は同一人物、いやサルタンの召使ロボットで、「世界一のロボット」を求める主人にその虚しさを気づいてもらうためにロボットを作ったことがわかる。アトムはこう呟く。

「ねえ博士、どうしてロボット同士うらみもないのに戦うんでしょう……ぼく……いまにきっとロボット同士仲よくして、けんかなんかしないような時代になると思いますよ、きっと……」

この「地上最大のロボット」からおよそ40年後に浦沢直樹は『PLUTO』の連載を開始した。まず驚くべきなのは、基本的な物語はほとんど変わらないことだ。たとえば、破壊される7体のロボットはそのまま出てくる。違いは、それらのロボット一体一体に、ぶあつい物語が賦与されていることだろう。そして、もう一つ、最大の違いは、そのロボットがみんなきわめて「人間」らしく描かれることだ。おそらく、浦沢直樹はそのことを描きたくて手塚の原作を選んだのだろう。如何にもロボットらしかった原作の描写から時を経て、ロボットと人間は外見ではわからないところまで来てしまったということが、『PLUTO』全巻を通じての大きなテーマなのかもしれない。

浦沢はインタビューの中で、日本漫画の魅力の一つとして「連載」という形式をあげている。連載1回ずつに終わりがあり、次回への期待がある。それは単行本でも同じだと。『PLUTO』第1巻の終わりでようやくアトムが登場する。アトムの全身とその表情を正面から見つめるカットが最後の頁だ。そこに映っているのは、どう見てもロボットではなく、完全に人間の少年の姿のアトム。初めてその頁を開いたときの感動は忘れられない。そして、一つ一つの、ロボットたちの哀切きわまりないエピソードが積み重なってゆくうちに、読者は、こんな感慨を抱くようになる。

「ロボットたちの方が、人間よりもずっと人間らしい心を持っていることになっているのではないか」

「ロボットであること」と「人間であること」の違いはなにか。それは、手塚治虫が『鉄腕アトム』の中で追究しつづけたテーマだが、高度にAIが進化して、ほんとうに「人間が描くような絵」を描き、「人間が書くような文」を書けるようになりつつあるいまこそ、わたしたち読者も、きわめて現実的な問題として、この物語を読むことができるようになったのである。戦争のトラウマに悩み、家族を破壊されたことで制御できない憎しみを感じる。死んでゆくとき、脳裏に家族の表情を浮かべ、植物や小動物、そんな儚い生命に深い哀れみを感じる。そんな「人間的」な「感情」に突き動かされるのはみんなロボットたちなのである。もしかしたら、手塚治虫は、わたしたちがそんな感情を失う未来の到来を恐れ、その警告として『アトム』を描いたのだろうか。そしてその返答として描かれたのが『PLUTO』だった。わたしは、そんなふうに思った。

手塚が描いたのは（中東の）「サルタン」の暴挙だった。浦沢はその舞台を「中央アジア・ペルシア王国」に移し、独裁者「ダリウス14世」が「大量破壊兵器」を持っているとして起こった戦争の災禍を発端としている。いうまでもなく「イラク戦争」がモデルだ。そして、その結果生まれた「憎悪の連鎖」こそが、『PLUTO』のテーマともいえるだろう。だから、パレスチナの報道を聞きながらアニメを観ると、なんともいえない気持ちになる。最後に、アトムはお茶の水博士にこういうのである。

「憎しみからは何も生まれない……ゲジヒトさんの言葉を……サハドは最期に言いました……博士……憎しみがなくなる日は来ますか？」

けれど、博士はこう答えるしかないのだ。

「わからない……そういう日が来るのを願うだけだ……」

還暦のビートルズ

「ビートルズ」のメンバーの誰かが還暦になったのではない。「ビートルズ」というグループ自体が還暦を過ぎたのである。びっくりだ。いや、「ビートルズ」って、そもそもとっくに解散したのでは？　そう思われる方もいるだろう。けれど、つい最近「**ビートルズの新曲**」が世界同時に配信された（２０２３年11月２日）。わたしもその配信を心待ちにしていたファンのひとりだ。曲名は「**ナウ・アンド・ゼン**」。正直、中身については賛否両論だけれど、わたし個人は、その曲を聴いて（ＭＶも観て）心を揺さぶられた。そして、還暦なんだな、と思った。「ビートルズ」も。

「ビートルズ」はジョン・レノンが１９５７年に結成したバンド「クオリーメン」に遡《さかのぼ》る。「ビートルズ」という名前が生まれたのは60年、レコードデビューが62年。これが正式な誕生年ということだろうか。２０２２年で還暦である。デビュー曲が「ラヴ・ミー・ドゥ」。２曲目が翌１９６３年の「プリーズ・プリーズ・ミー」で、初めてヒットチャートのトップに立った。これを「ビートルズ」の誕生と考えるなら、やはり今年（２０２３年）で還暦だ。そして、「ビートルズ」という20世紀の音楽的怪物の進撃が始まった。出す曲、出すアルバムがすべて1位。ただしそれはイギリスでの話で、アメリカ進出は翌1964年になる。カーネギーホールで公演し、人気番組「エド・サリヴァン・ショー」に出演。なんと「アメリカのテレビ史上最高視聴率」を叩《たた》き出した。6月からは最初の世界ツアー。映画『ハード・デイズ・ナイト（邦題・ビートルズがやって来るヤァ！ヤァ！ヤァ！）』が製作・公開された……と書いていくときりがない。ちなみにただ一度の日本公演は66年に行われた。このあたりから、「ビートルズ」の活動の中心はライブからレコーディングになる。史上初めて、アルバム制作を主な活動の舞台とするポップミュージック集団が生まれたのだ。そして、70年、ポール・マッカートニーが脱退し、「ビートルズ」は実質的に解散する。

では、わたしは、いつ頃から「ビートルズ」を聴いていたのだろう。中学1年からずっとラジオの深夜放送のリスナーだったので、曲は聴いていたはずだ。だが、ファンになったのは2本目の映画『ヘルプ！4人はアイドル』を観てからだと思う。この映画の公開は65年末。中学3年だった。映画ファンだったわたしは、一見「アイドル映画」に似せた奇怪な映画を観てびっくり。慌てて、前年の『ビートルズがやって来るヤァ！ヤァ！ヤァ！』をいわゆる「名画座」で探し出して観た。ここからすっかり「ビートルズ」にはまった。実は2本とも監督はリチャード・レスターで、彼の作品だから観たのである。ほんとになにがきっかけになるかわからない。

だから、最初に自覚的に聴いた「ビートルズ」の「新曲」は66年の「ペイパーバック・ライター」だったと思う。ちなみにこの曲は、66年の「ビートルズ」にとって最後のツアーで演奏した最後の新曲だったのだ。

時は流れた。「ビートルズ」は解散し、ジョン・レノンとジョージ・ハリスンも亡くなった。なのに、「突如」として「新曲」が出たのである。


「ナウ・アンド・ゼン」はもともとジョン・レノンが70年代後半に書いたラヴソングだった。自宅で録音したその音源をもとに、94年、残り3人のメンバーで完成させる試みがなされた。ところが、デモ音源に入っているジョンのヴォーカルのノイズを除去することができずジョージの反対もあって制作は中止になった。それから約30年、最新のAI技術でジョンのヴォーカルをノイズやピアノの音から分離することに成功、ようやく完成にこぎ着けたのである。

AI、いい仕事してるじゃないか。

かくして、40年以上前のジョンのヴォーカルに約30年前のジョージが入った3人のミックスと映像を加え、最後に最新の、つまり2023年の、ジョージが亡くなって最後に残った「ビートルズ」の2人、ポールとリンゴ・スターの音と映像を加えて「ナウ・アンド・ゼン」は完成したのである。

だから、この曲には、さまざまな時代の「ビートルズ」のメンバーの声と映像がミックスされている。若い頃のジョンやジョージと現在のポールとリンゴが並んで演奏し、現在のポールの横で若い頃のポールが歌う。曲が進行するにつれ、映像の中の「ビートルズ」たちは若返ってゆき、少年時代の写真になり、最後はデビュー時の「ビートルズ」になってこちらを向き、深々とお辞儀をする。そして、みんな姿を消して、ドラムセットとマイクだけが残るのである。

「ほんとうはきみのおかげなんだ。
うまくいったはのはみんな。
なにもかもきみのおかげさ」

こんなふうに続いてゆく「きみ」に深い感謝と愛の思い出を捧《ささ》げる歌詞を聴いていると、この「きみ」は、妻の「ヨーコ」より、ポールを筆頭とする「ビートルズ」のメンバーのことだったんじゃないかと思えてくる。それにふさわしい映像だし、曲だったのだ。

とまあ、こういうわけで、「ビートルズ」の「最後の新曲」である「ナウ・アンド・ゼン」が配信されたのが2023年11月2日のことだったのだが、まるでそのことを知っていたかの如き事件が起こった。

「ビートルズ」の永遠のライバル、「ザ・ローリング・ストーンズ」が18年ぶりのニュー・アルバム、「ハックニー・ダイアモンズ」をリリースしたのが、「ナウ・アンド・ゼン」の直前の10月20日。こちらも1962年デビューなので「還暦」。しかも、「ビートルズ」と違って「現役の還暦」（笑）バンドだ。ミック・ジャガー、80歳。キース・リチャーズ、79歳。ロン・ウッド、76歳。しかも、いまだにライヴをばりばりやってるんだから、もう……。

それにしても「ハックニー・ダイアモンズ」が素晴らしすぎて、目まいがしました。セクシーでブルージー。ガンガン、イケイケ。まるで変わらない、でも、若い。それが正しいのかどうか、わたしにはわからない。でも、それでいいのだ、ストーンズは。

このアルバムの頂点ともいえるのは11曲目の「スウィート・サウンズ・オブ・ヘヴン」で、ミックと共演しているレディー・ガガの歌がもう最高。というか、それに負けてないミックもすごいんだが。あと、贅沢《ぜいたく》なことにスティーヴィー・ワンダーがピアノで参加してたりするんだよね。

でも、ファンとして感無量なのは最後の12曲目に「ローリング・ストーン・ブルース」が収められていることだ。バンドの名前の由来でもあるこの名曲、確か、一度も録音したことがなかったはず。これを録音したということは、「最後のアルバム」という覚悟のしるしなのかも。

2つの偉大なグループの「終わり」を同時に見ることができた。なんともいえない気分だ。

ＡＩ文学者

九段理江さんの芥川賞受賞作『東京都同情塔』（新潮社）は、作品中に生成ＡＩを使った文章が５％ほどある、と作者自らが明かして話題になった。この生成ＡＩはおそらく「チャットＧＰＴ」ではないかと思われるが、ここではそのまま「生成ＡＩ」ということばを使ってみたい。ついに、というか、とうとう、というか、「生成ＡＩ」の生成したことばが小説（文学）の中に堂々として進出したわけである。もちろん、すでにあちこちでそのような試みはされていただろう。だが、それがいわば「文学の王道」の真ん中で炸裂《さくれつ》したとするなら、その意味は決して小さくはないように思える。

九段さんは、どの部分に「生成ＡＩ」を用いたのかを正確には明かしていない。おそらくは登場人物が「生成ＡＩ」に対して質問し、回答する部分をほんとうに「生成ＡＩ」に回答させたのだろう。しかし、作者が詳しく説明しない限り、断定することはできない。もしかしたら、「生成ＡＩ」の回答をそのまま掲載しているのかもしれないし、その回答をもとに幾分か、あるいは相当程度改変しているのかもしれない。それが「わからない」ところも、おもしろいのだ。文中で「生成ＡＩ」は「AI-built」と呼ばれている。そしてこんな会話を交わすのだ。

「【君は、自分が文盲であると知っている？】

【いいえ、私はテキストベースの情報処理を行うＡＩモデルですので、文盲ではありません。そして『文盲』は、侮辱や軽蔑の意味合いを持つ可能性のある差別的表現です。相手を傷付ける可能性があるため、使用を避けるべきです。この言葉を使うことで、他人の能力や知識を軽視したり、尊重しない態度を示すことのないよう、配慮しなければなりません。識字能力が不足している状況に対しては、差別的な態度を持つのではなく、教育や機会の提供を通じて識字率を向上させることが重要です。識字能力不足を解消するためには、適切な支援とリソースを提供することが大切です。差別のないコミュニケーションを心がけなくてはいけません】

【なぜ？】

【差別のないコミュニケーションは、共感、理解、協力を促進し、より包摂的で幸福な社会を築くための重要なステップだからです。■】」

さて、この作品の読者が気づくのは「生成ＡＩ」がある種の「個性」を持っていることである。「生成ＡＩ」はきわめて有能で、無限に近い知識を持っている（なんでも回答してくれる）。けれども、ただ有能なのではない。ある重要な特徴を持っているのだ。

「東京都同情塔」は、実は都心に建設される超高層の刑務所の名前だ。その「同情塔」について、設計者である女性は、こんな感想を抱く。

「大階段から塔の低層部分を、御苑の来園者と区民にも開放されたパブリックスペースとすることで、同情、共感、連帯を育む場となり、異なるバックグラウンドや考えを尊重し、多様性を認め合いながら共生する象徴としてのエントランスが実現されるでしょう」

確かに、こういうことをいう人間はいるだろう。いや、こういう文章もありふれているだろう。しかし、違和を感じる人間もいるのだ。

「彼女の積み上げる言葉が何かに似ているような気がして記憶を辿ると、それがＡＩの構築する文章であることに思い当たった。いかにも世の中の人々の平均的な望みを集約させた、かつ批判を最小限に留める模範的回答。平和。平等。尊厳。尊重。共感。共生」

それが「生成ＡＩ」のことばの「秘密」である。どこかで読んだことがあるような気がするのは、ふだん、わたしたちが、「生成ＡＩ」のことばのような、ポジティブでかつ絶対にどこからも批判が来ないようなことばを発するよう、気をつけているからだ。なぜ、そんなことが可能なのか。それは、「生成ＡＩ」が社会的コンプライアンスに違反しないように最初から設計（検閲）されているからである。だから、「生成ＡＩ」とは、社会が望む「模範解答」を生成するマシンなのだ。

その恐ろしい「秘密」に気がついた瞬間、この小説は、不思議な反転を見せる。わたしたちは、みんな望んで「生成ＡＩ」の「ことば」を身につけようとしているのではないか。いまは無気味に見える「生成ＡＩ」の「ことば」。けれども、やがてわたしたちはみんな、あんなことばづかいになるのかもしれないのである。

九段理江さんが小説の中で「生成ＡＩ」を使用したなら、山本貴光さんは『文学のエコロジー』（講談社）の中で、「生成ＡＩ」を批評に採用してみせた。

山本さんは、この本の中で、様々な形で「文芸作品では『心』をどのように記してきたか」を考察してきた。「心」を見ることは誰にもできない。ただ、「心」が表現するもの、すなわち、「ことば」を見て想像するしかないのである。しかし、「ことば」を見て、その奥にある「心」を想像できるとするなら、逆に、どんな「ことば」なら、その奥に「心」があると思えるだろう。そう、コンピューターが創り出すことばを読んで、それがまるで人間が創り出すことばのように感じるなら、そこに「心」がある、といってもいいのかもしれない。

それが山本さんの問題提起だ。もちろん、現在の「生成ＡＩ」では、生身の人間の反応はできない。けれども、こうもいえるのではないか。

「ＳＮＳでいろいろな人の投稿を見ていると、ときどき『この人はボット（プログラム）かもしれない』と感じられるような文章を書く人もいるから油断がならない。どんな話題に対しても定型のような反応ばかりする人はその一例」


進化する「生成ＡＩ」のことばと、社会が望むわたしたちのことばは、やがて同じ場所に行き着くのか。それとももうすでに、ほとんど同じ場所にたどり着いているのだろうか。

『文学のエコロジー』のクライマックスは、山本さんが「生成ＡＩ」に「ヘミングウェイの小説『老人と海』に登場する老人になってください」とお願いしてインタビューするところだ。

「生成ＡＩ」は、『老人と海』の老人「サンチャゴ」になりきって回答する。けれども、同時に自分が「生成ＡＩ」であることも隠さない。というかウソをつけないのである。そのため、回答は二転三転する。その困惑ぶりがおもしろいのだが、そこはみなさんが直接、本を読んで確かめていただきたい。

最後にもう一つ。実はわたしもすでに作品に「生成ＡＩ」を投入している。雑誌には既に掲載済みで、近々、単行本の形でみなさんにお目にかけたいと思っている。やり方は、九段式でも山本式でもない、ちょっと驚くような新しいやり方だ。お楽しみに……。

ひとしとたけし

そういえば、松本人志（ダウンタウン）の番組をほとんど観ていなかったと思った。嫌いというわけではないし、時々観ることだってあるのだが、なんとなく「合わない」感じがするのである。漫才なら、爆笑問題やナイツの方が好みだ。というか、そもそも「吉本」の芸人たちの、関西弁のおしゃべりが苦手なのだ。実家が豊中で、中学・高校は神戸なのに。小さい頃には名作『てなもんや三度笠』にはまっていたのに。ただし小学校はほとんど東京だし、高校を卒業してからもずっと関東だ。

わたしの場合「笑い」の基準は植木等（クレージーキャッツ）や脱線トリオ（南利明、由利徹、八波《はっぱ》むと志《し》……『てなもんや』にも出演）にあるような気がする。「笑い」のセンスは、たぶん子どもの頃に刷りこまれて、後はほとんど変わらないのだろう。上京したわたしと異なり、大阪に残った3つ年下の弟とは、当然「笑い」の趣味が違う。東京へ行ってしばらくして、弟が「すごい漫才コンビ出てきたで」と教えてくれたのが「紳助・竜介」だった。

ちなみに、日本の喜劇人を描いた定番中の定番、小林信彦の『決定版　日本の喜劇人』の表紙を飾っているのは植木等である。

松本人志の本を何冊もまとめて読んだのは、もちろん、あの事件のせいだが、予想通りたいへんおもしろかった。もっと前に読むべきだったな、とも思った。どれか一冊というなら、ベストセラーの『遺書』や『松本』ではなく、『松本坊主』（幻冬舎よしもと文庫）をお薦めしたい。これは渋谷陽一が聞き手になり、松本人志の「内心」を、その語り口と共に聞き出した貴重なものになっている。

松本人志は1963年生まれだから、わたしの一回り下になる。けっこういい歳《とし》だ。

「うちはねえ、ほんまに貧乏やったんですよ。とにかく、ボロボロやったんです。床抜けてて、歩いたらあかん場所があって。そこはもう、抜けんのわかってるから、絶対歩いたら駄目なんですよ。ほんまですよ？（笑）」

そんな松本は小学生で「お笑い」と出会う。「吉本の花月」を見て、そこに生きる場所があると感じる。だから後に、松本は「なんか、吉本入って初めて花月の舞台立った時に、『やっぱ来るべきとこに来てるな』っていう感じはしましたね」と述懐するのである。

松本の「お笑い」人生は、ひとことでいうなら「順風満帆」だった。

小学生にして、友人とコンビを組みネタを考え、「笑いは松本にまかしとけ」といわれるまでになった松本が、後にダウンタウンを結成する浜田雅功《まさとし》と出会うのは中3（小学生の頃から会っていたらしいが）。そのときにはもう吉本へ行きたいという願望を抱いていた。別々の高校で過ごした2人は再会し、将来をどうするかと考えたとき、浜田が持って来たのが「今年から吉本が養成所第一期生を募集する」というチラシだった。それが運命だったように、1982年、2人は養成所（NSC）に入る。最初から漫才でコンビという入所者は他にいなかったそうだ。そこから先は、いつも、あの「笑いは松本にまかしとけ」の繰り返しになる。初舞台の客は全員、生徒。トリを受け持ったダウンタウンの舞台は「これはきましたね。ドッカーンと」。そして入学して数カ月後の漫才コンクールで、周りがプロばかりなのに優勝。

「周りの奴らも、『確かにあいつらは別格や』みたいになりましたよね」

そんな無敵の松本（ダウンタウン）の唯一の挫折は、「なんば花月」にプロとしてデビューしてからの数年だけだろう。一つは、師匠を持たない（それまでの芸人は必ず師匠につくものだった）故に、先輩たちに疎まれたこと。そしてもう一つは、平日の昼間の年寄りばかりの観客にウケなかったことだった。それでも自信を失うことがなかった松本は、すぐに圧倒的な力を発揮して、時代の寵児《ちょうじ》になってゆくのである。

「僕、この世界に入って、そのNSCの時の初舞台——発表会みたいなとこで漫才やった時から、今日の今の今まで自分が一番おもろいと、ずっと思ってますから。絶対自分が一番やって、ずーっと。それは一回も疑ったことないんですよ」

このインタビューはデビューからおよそ15年後に行われた。それからさらに25年。松本はこの自信を一度も失ったことなどなかったのだろう。もしかしたらその途轍《とてつ》もない「自信」が、松本のすべてを駆動していたのかもしれない。

松本人志が生まれる16年前、**北野武**（ビートたけし）が東京都足立区に生まれた。たけしのものは「お笑い」も映画も観るし、本も読む。松本の『松本坊主』に向かい合うのは、やはり「お笑い」への道を描いた『**浅草キッド**』（講談社文庫）だろう。

70年安保の熱気が過ぎ、行き場所をなくした若者たちが街を彷徨《さまよ》っていた頃、大学を辞めたたけしも同じように行くあてをなくしていた。新宿のフーテンやジャズ喫茶のボーイではなくなにをやるのか。そして、たけしは突然考えつく。

「浅草へ行って芸人になろう」

なぜそんなことを思い立ったのか当人にもわからなかった。そこで、たけしは浅草に行く。そして、浅草フランス座というストリップ劇場の喜劇の芸人になろうとするのである。「とりあえず芸人になれればどこだっていいんだから」。たけしは、「浅草フランス座エレベーターボーイ」になり、座長の深見千三郎《せんざぶろう》の下《もと》で「芸」を習う。

松本が、「師匠」制度以降の芸人の「超エリート」なら、たけしは、「師匠」制度が終わりかけた頃に生まれた「叩き上げ」というべきだろう。やがて、たけしは、舞台の製作や進行を司る「進行係」になる。十数年前にそのフランス座で渥美清が活躍していた頃の「文芸部進行係」は、のちの作家・井上ひさしだった。

たけしは、師匠の深見から「浅草のストリップ劇場で昔から伝統的に演じられてきた芝居ネタ」を教わる。だから、たけしの芸の基本は「古典」だともいえるだろう。そして、さらに数年がたち、狭いストリップ小屋の舞台という空間を抜け出し、「ツービート」として、たけしは、我々の前に姿を現すのである。

「お笑い」を巡って異なる生き方を選択したふたり。だが「たけし」のこの感慨を、「ひとし」も共有していたのではあるまいか。

「有無をいわせない生の舞台の異常な魅力に取りつかれ、その虜《とりこ》になることがオイラにとってこのうえない快感でもあった。板付き出身の芸人はこの快感があるから強みだった」

おわりに

読んでいただいてありがとう。それから、まだ読んでないけど、なんかうしろから読んでみたくなった、という方、読むとおもしろいと思いますので、ぜひどうぞ。

本書には（前の2冊も同様）、およそ1年分のエッセイが入っている。ほぼ4分の3が2023年に書かれたものだ。全3冊を順番に読んでいくと、タイトルも含めて、なんだかどんどん「ヤバく」なっているような気がする。もし4冊目、5冊目とつづくとするなら、その中身がもっと明るいものになっているといいなと心の底から思う。

ちなみに、連載が始まったとき60代だったわたしは、無事73歳を迎えた。中学生だった次男は高校を卒業し、長男は大学生になり、山の中をさまよっていた黒柴を飼い始めた。可愛い犬だが、甘やかして、来たときより30％近く体重が増えたかも。わたしの体重は63〜64キロをキープし、片足スクワットは隔日で左右150回ずつ。黒柴ちゃんにも同じことをやってもらうしかないかもしれない。寝酒はやめられず、全盛期に比べて毛量はたぶん半分以下だ。いまだにスマホを持っていないので、スマホで注文する店が増えて、ほんとうに困る。人と会うのもどんどん億劫になり、読みたい本は本の山に埋もれていつも行方不明。それでもわたしは書くのをやめないだろう。最後に担当編集者の藤江千恵子さんに無限の感謝を捧げます。

高橋源一郎

高橋源一郎

1951年、広島県生まれ。作家。81年「さようなら、ギャングたち」でデビュー。88年『優雅で感傷的な日本野球』(河出書房新社)で第1回三島由紀夫賞。2012年『さよならクリストファー・ロビン』(新潮社)で第48回谷崎潤一郎賞。著作に『DJヒロヒト』(新潮社)、『一億三千万人のための「歎異抄」』(朝日新聞出版)、『誰にも相談できません』『居場所がないのがつらいです』『これは、アレだな』『だいたい夫が先に死ぬ これも、アレだな』(すべて毎日新聞出版)など。

本書は「サンデー毎日」連載「これは、アレだな」(2021年10月31日号から2024年3月3日号)に掲載された中から選び、加筆したものです。

「不《ふ》適《てき》切《せつ》」ってなんだっけ

これは、アレじゃない

印　刷　二〇二四年五月二五日
発　行　二〇二四年六月五日

著　者　高橋源一郎《たかはしげんいちろう》

発行人　小島明日奈
発行所　毎日新聞出版
〒一〇二-〇〇七四
東京都千代田区九段南一-六-一七 千代田会館五階
営業本部 〇三-六二六五-六九四一
図書編集部 〇三-六二六五-六七四五

印刷・製本　中央精版印刷

ISBN978-4-620-32808-9